大门

吉姆·莫里森诗稿

〔美〕吉姆·莫里森 著

罗池 译

人民文学出版社
PEOPLE'S LITERATURE PUBLISHING HOUSE

图书在版编目（CIP）数据

大门 ：吉姆·莫里森诗稿 /（美）吉姆·莫里森著；罗池译.
-- 北京 ：人民文学出版社，2022
ISBN 978-7-02-017464-5

Ⅰ. ①大… Ⅱ. ①吉… ②罗… Ⅲ. ①诗集－美国－
现代 Ⅳ. ①I712.25

中国版本图书馆CIP数据核字（2022）第169559号

责任编辑 卜艳冰 何炜宏
装帧设计 钱 珺

出版发行 人民文学出版社
社 址 北京市朝内大街166号
邮政编码 100705

印 刷 上海盛通时代印刷有限公司
经 销 全国新华书店等

字 数 80千字
开 本 720毫米×1000毫米 1/32
印 张 16.5 插页 14
版 次 2022年11月北京第1版
印 次 2022年11月第1次印刷

书 号 978-7-02-017464-5
定 价 69.00元

《新生灵》

《主宰者：幻象笔记》

《美国祈祷文》

SCHOOLTIME
Compositions
Name
School
Grade
9¾ in. x 7½ in.
108 Leaves

3 subject indexed notebook
84 SHEETS

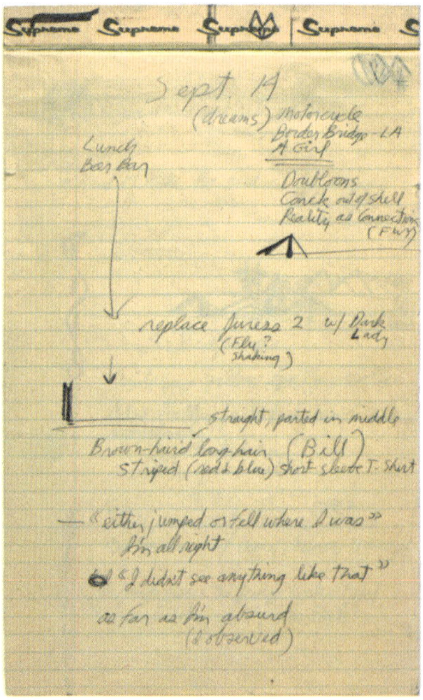
Supreme

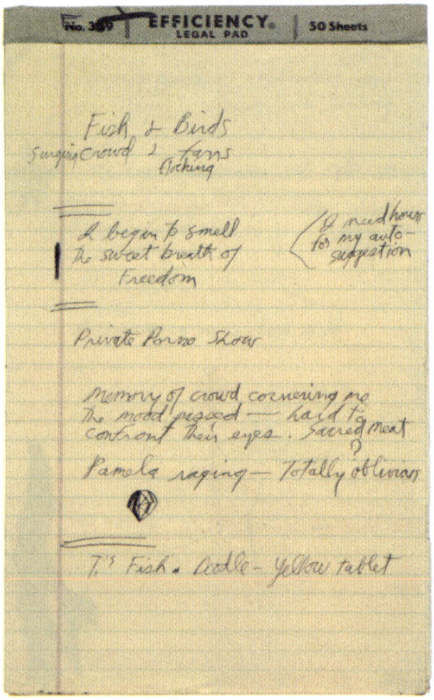
EFFICIENCY
LEGAL PAD
50 Sheets

吉姆·莫里森的笔记本

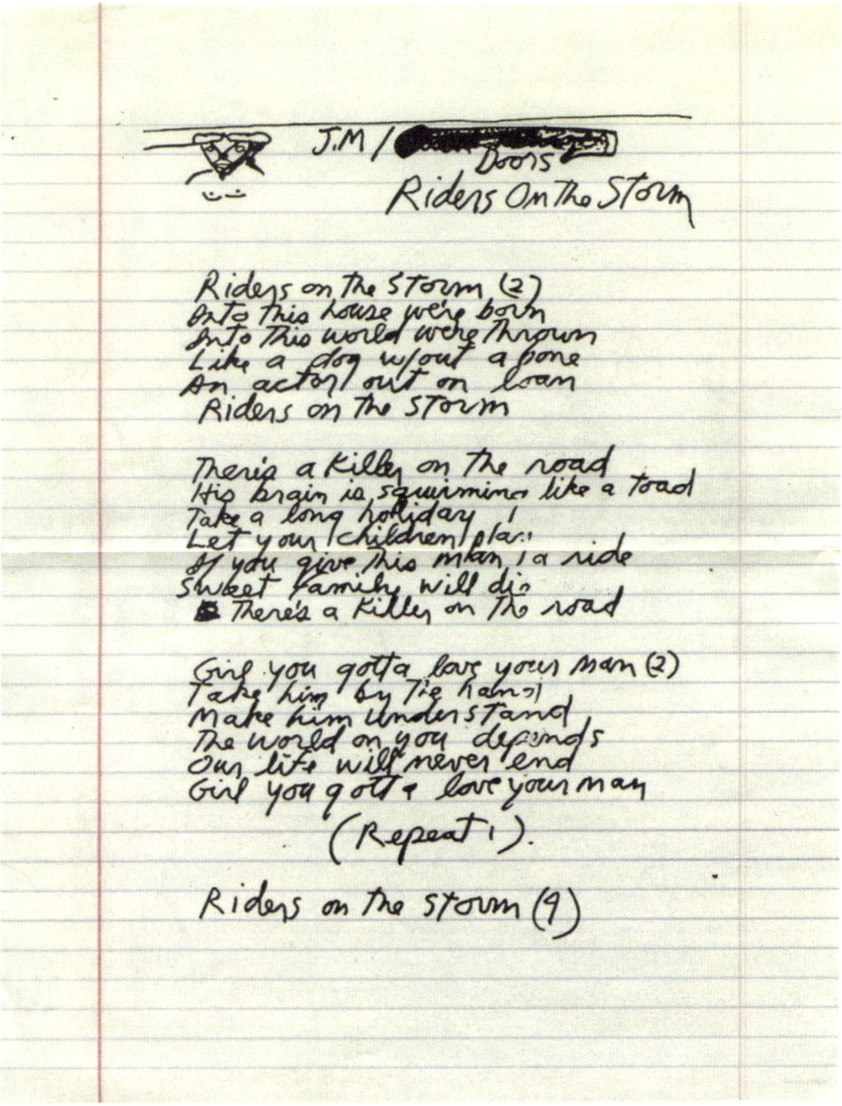
J.M / [redacted]
Doors
Riders On The Storm

Riders on the storm (2)
Into this house we're born
Into this world we're thrown
Like a dog w/out a bone
An actor out on loan
Riders on the storm

There's a killer on the road
His brain is squirming like a toad
Take a long holiday
Let your children play
If you give this man a ride
Sweet family will die
There's a killer on the road

Girl you gotta love your man (2)
Take him by the hand
Make him understand
The world on you depends
Our life will never end
Girl you gotta love your man

(Repeat 1).

Riders on the storm (4)

《风暴骑手》手稿

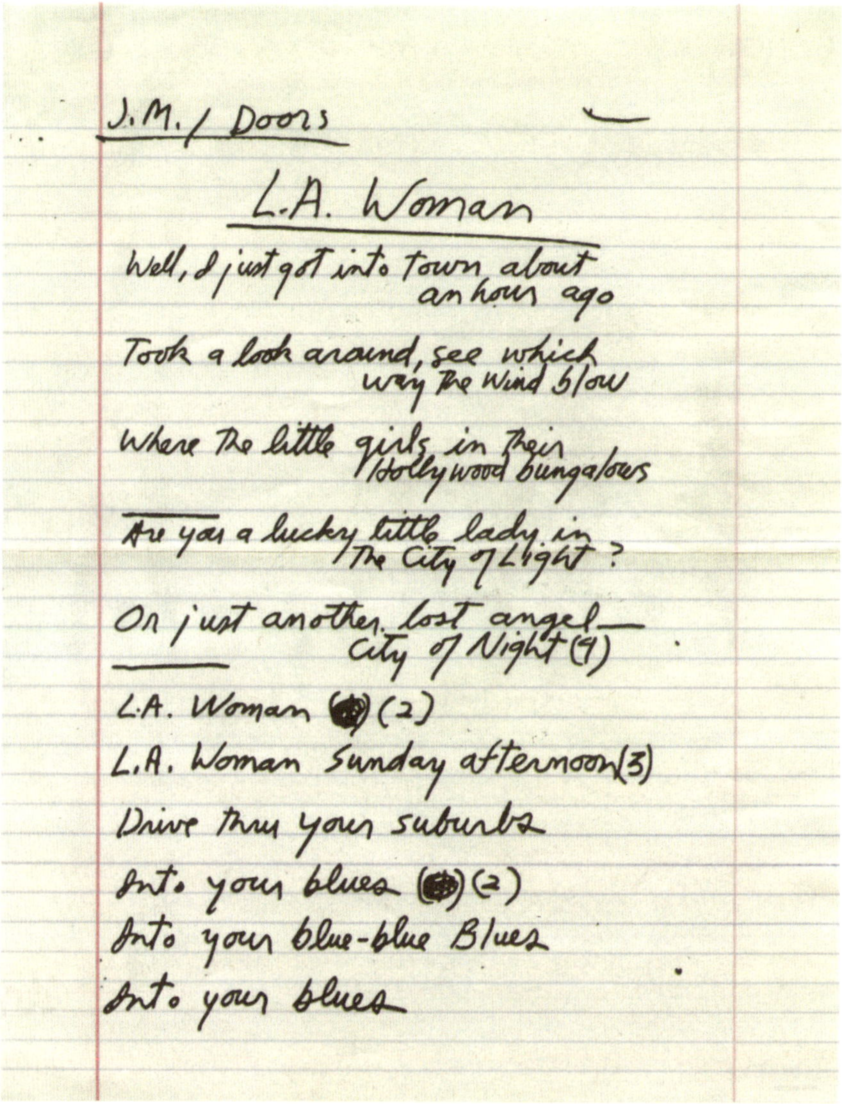

J.M. / Doors

L.A. Woman

Well, I just got into town about
an hour ago

Took a look around, see which
way the wind blow

Where the little girls in their
Hollywood bungalows

Are you a lucky little lady in
the City of Light?

Or just another lost angel—
City of Night (4)

L.A. Woman (2)
L.A. Woman Sunday afternoon (3)
Drive thru your suburbs
Into your blues (2)
Into your blue-blue Blues
Into your blues

《洛杉矶美人》手稿

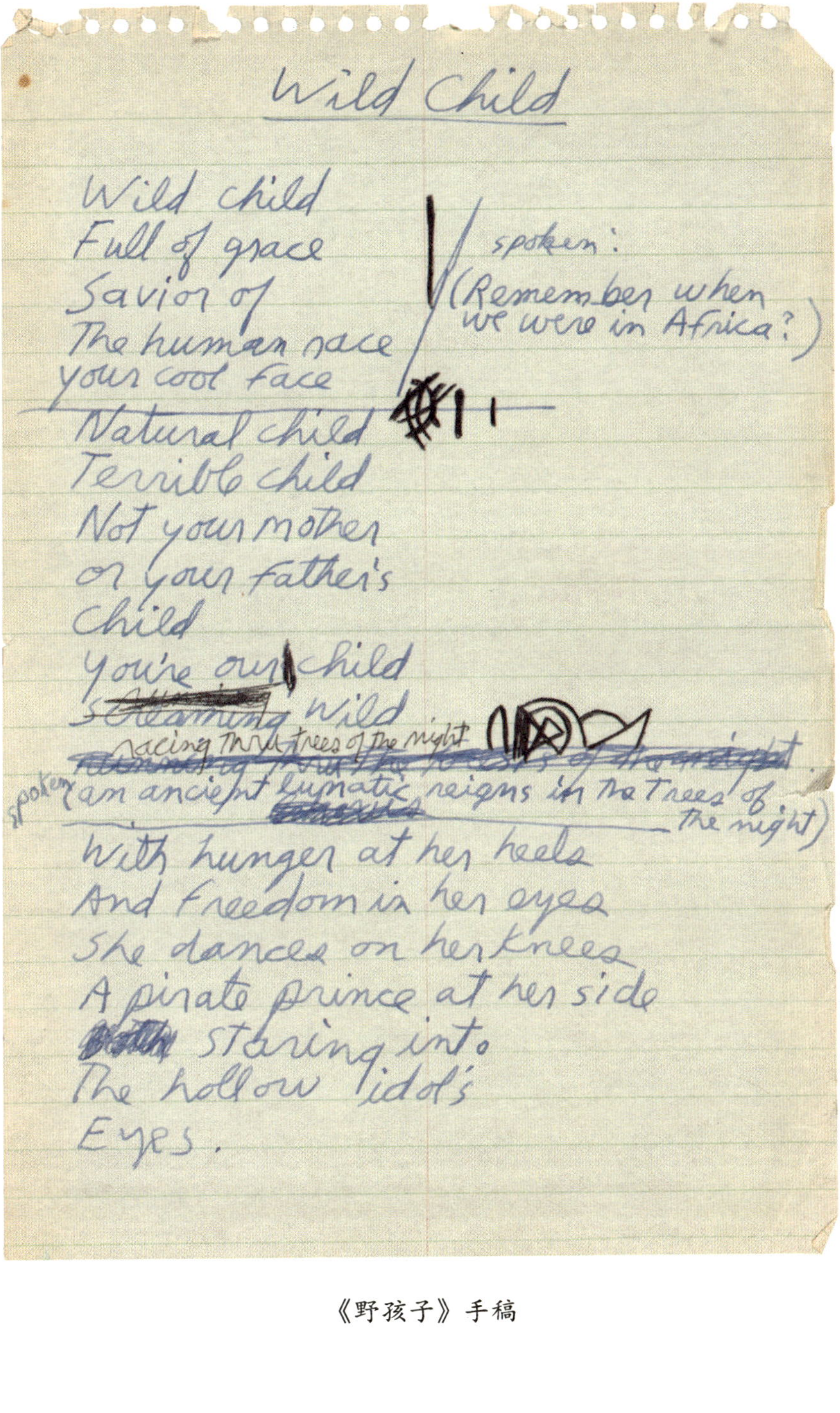
Wild Child

Wild child
Full of grace
Savior of
The human race
Your cool face

spoken:
(Remember when
we were in Africa?)

Natural child
Terrible child
Not your mother
or your father's
Child
You're our child
~~Screaming~~ wild
racing thru trees of the night
spoken (an ancient lunatic reigns in the Trees of
the night)
With hunger at her heels
And Freedom in her eyes
She dances on her knees
A pirate prince at her side
Staring into
The hollow idol's
Eyes.

《野孩子》手稿

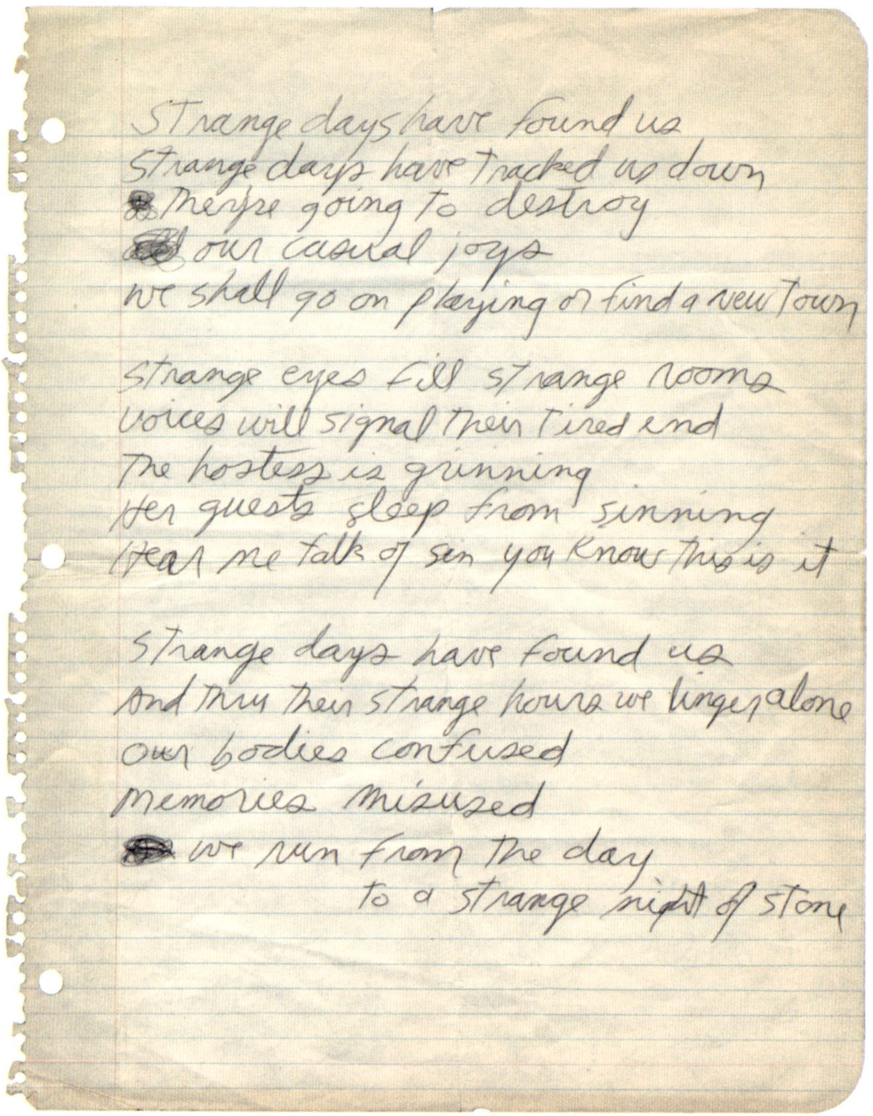
Strange days have found us
Strange days have tracked us down
They're going to destroy
our casual joys
We shall go on playing or find a new town

Strange eyes fill strange rooms
Voices will signal their tired end
The hostess is grinning
Her guests sleep from sinning
Hear me talk of sin you know this is it

Strange days have found us
And thru their strange hours we linger alone
Our bodies confused
Memories misused
we run from the day
to a strange night of stone

《奇异的日子》手稿

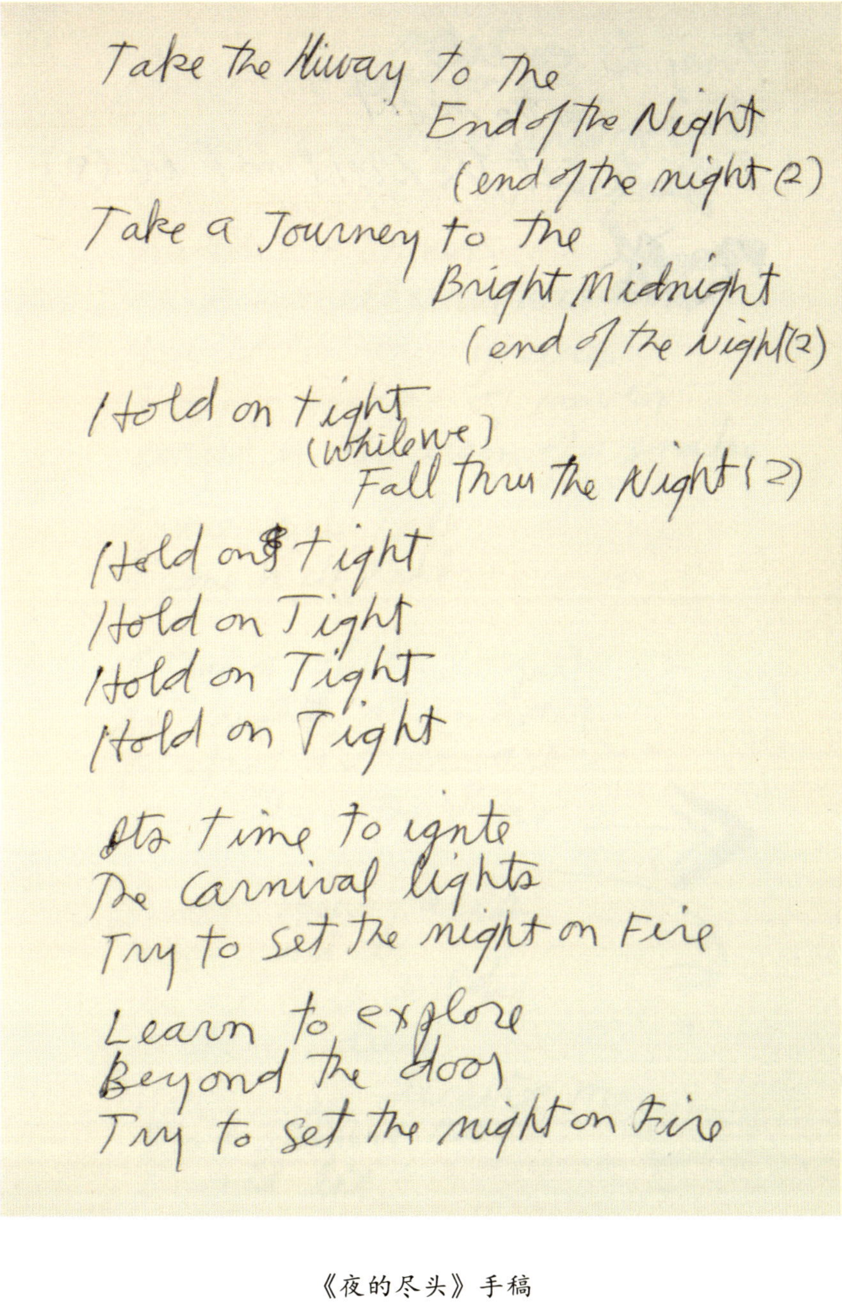

Take the Hiway to the
End of the Night
(end of the night (2)
Take a Journey to the
Bright Midnight
(end of the night (2)
Hold on tight
(while we)
Fall thru the Night (2)
Hold on tight
Hold on Tight
Hold on Tight
Hold on Tight
Its time to ignte
The carnival lights
Try to set the night on Fire
Learn to explore
Beyond the door
Try to set the night on Fire

《夜的尽头》手稿

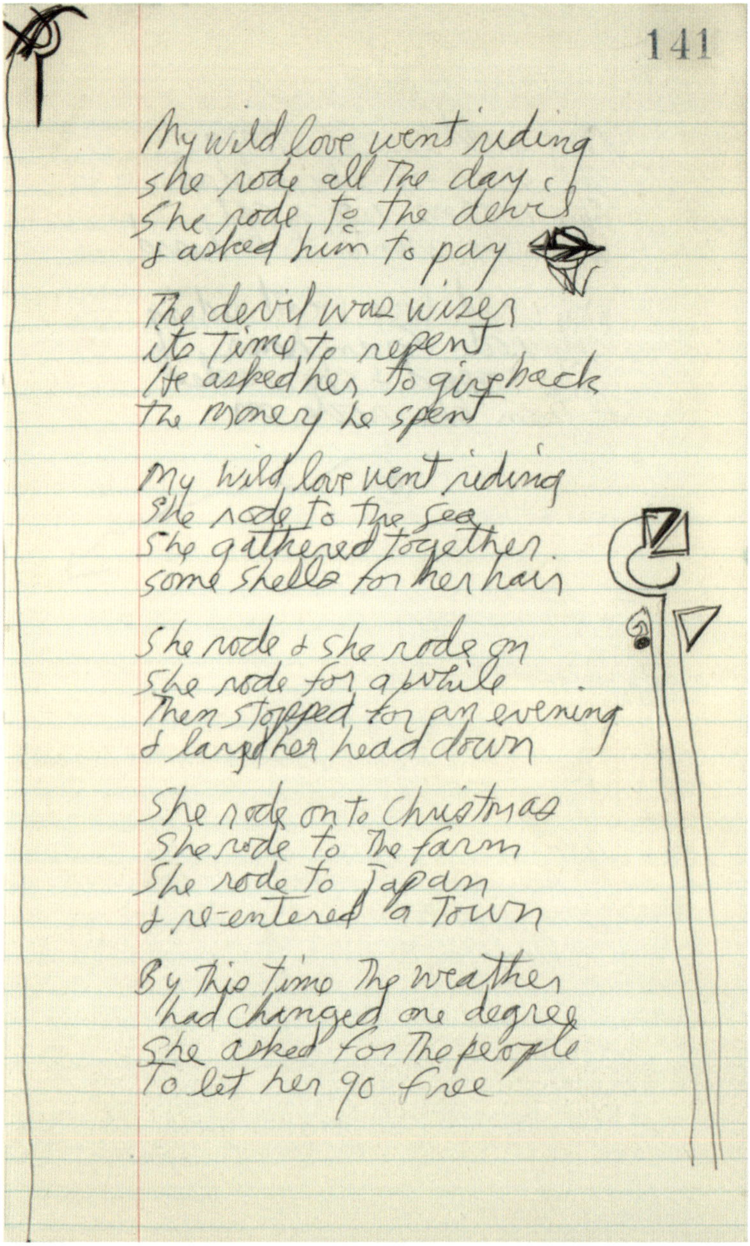

141

My wild love went riding
She rode all the day
She rode to the devil
& asked him to pay

The devil was wiser
its time to repent
He asked her to give back
The money he spent

My wild love went riding
She rode to the sea
She gathered together
some shells for her hair

She rode & she rode on
She rode for a while
Then stopped for an evening
& laid her head down

She rode on to Christmas
She rode to the farm
She rode to Japan
& re-entered a town

By this time the weather
had changed one degree
She asked for the people
To let her go free

《我的疯爱人》手稿

《巴黎笔记》

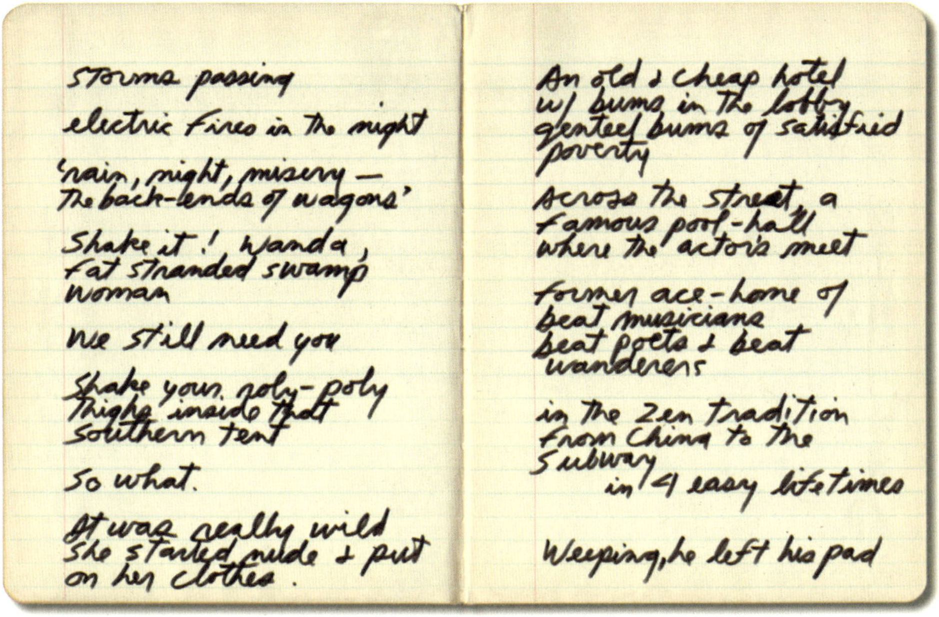

Storms passing

electric fires in the night

'rain, night, misery —
the back-ends of wagons'

Shake it!, Wanda,
fat stranded swamp
woman

we still need you

Shake your roly-poly
thighs inside that
southern tent

So what.

It was really wild
She started nude & put
on her clothes.

An old & cheap hotel
w/ bums in the lobby
genteel bums of satisfied
poverty

Across the street, a
famous pool-hall
where the actors meet

Former ace-home of
beat musicians
beat poets & beat
wanderers

in the Zen tradition
from China to the
Subway
in 4 easy lifetimes

Weeping, he left his pad

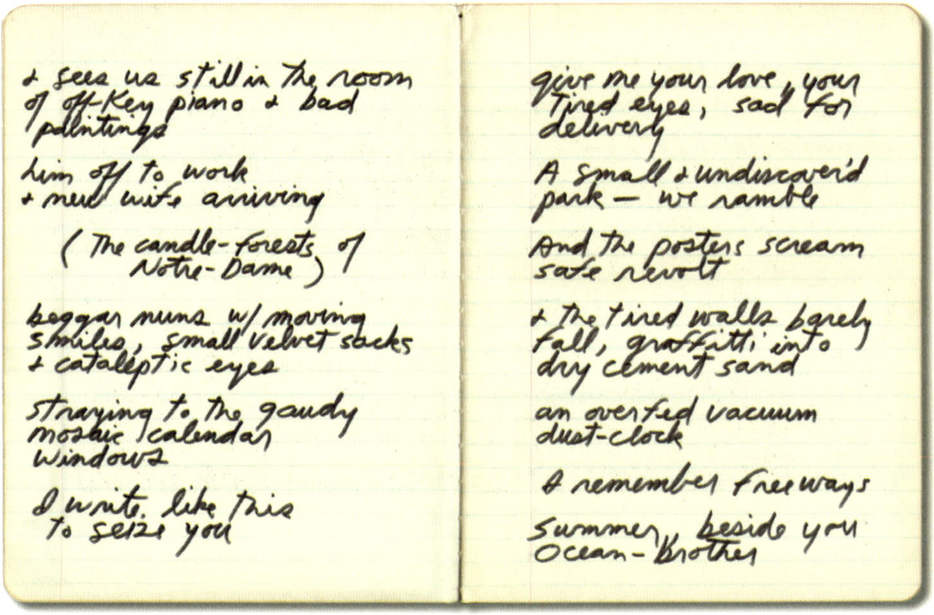

& sees us still in the room
of off-key piano & bad
paintings

him off to work
& new wife arriving

(The candle-forests of
Notre-Dame)

beggar nuns w/ moving
smiles, small velvet sacks
& cataleptic eyes

Straying to the gaudy
mosaic calendar
windows

I write like this
to seize you

give me your love, your
tired eyes, sad for
delivery

A small & undiscover'd
park — we ramble

And the posters scream
safe revolt

& the tired walls barely
fall, graffitti into
dry cement sand

an overfed vacuum
dust-clock

I remember freeways

Summer, beside you
Ocean-Brother

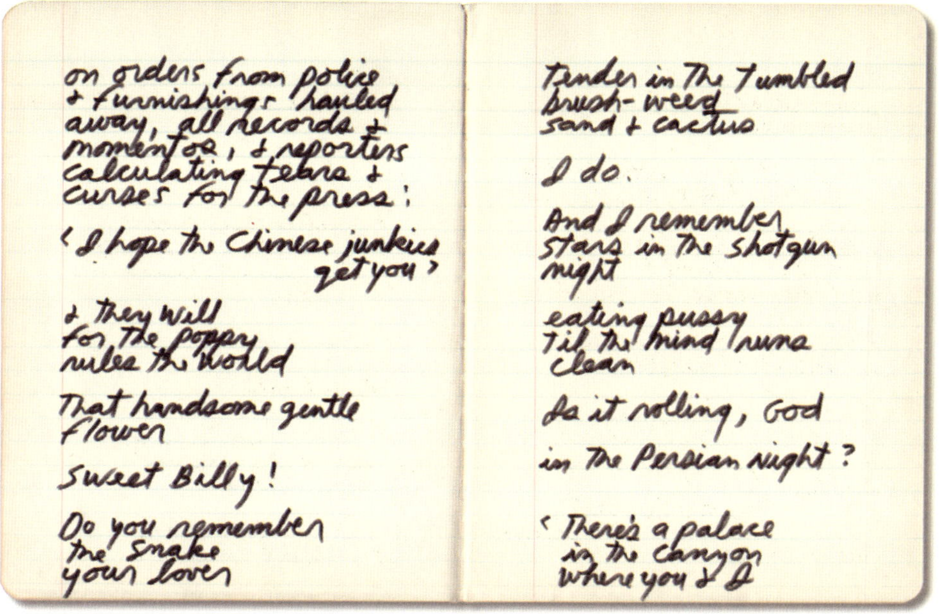
on orders from police
& furnishings hauled
away, all records &
momentos, & reporters
calculating tears &
curses for the press:

'I hope the Chinese junkies
get you'

& they will
for the poppy
rules the world

That handsome gentle
flower

Sweet Billy!

Do you remember
the snake
your lover

tender in the tumbled
brush-weed
sand & cactus

I do.

And I remember
stars in the shotgun
night

eating pussy
til the mind runs
clean

Is it rolling, God

in the Persian night?

'There's a palace
in the canyon
where you & I

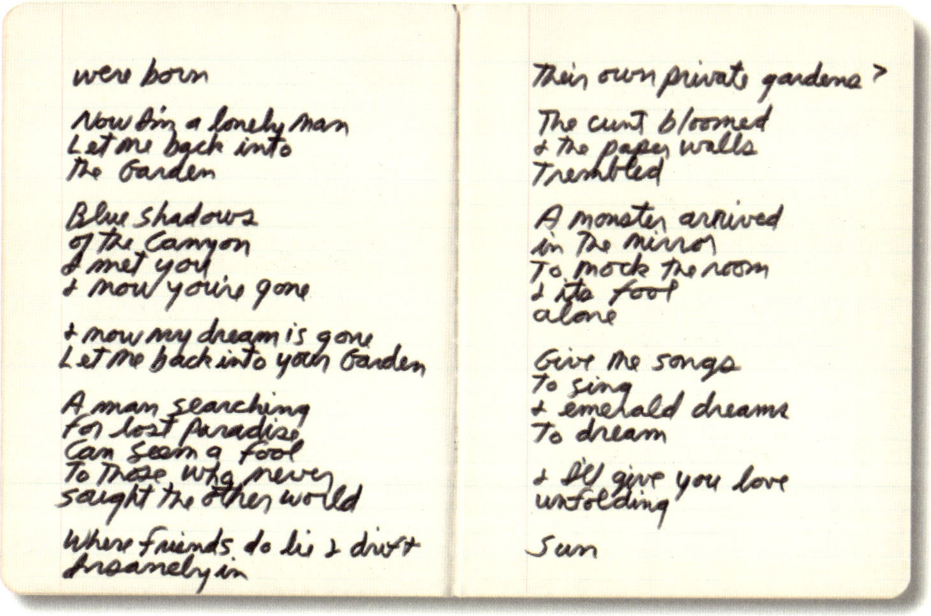
were born

Now I'm a lonely man
Let me back into
the Garden

Blue shadows
of the canyon
I met you
& now you're gone

& now my dream is gone
Let me back into your Garden

A man searching
for lost Paradise
can seem a fool
to those who never
sought the other world

Where friends do lie & drift
dreamily in

their own private gardens'

The cunt bloomed
& the papery walls
trembled

A monster arrived
in the mirror
to mock the room
& its fool
alone

Give me songs
to sing
& emerald dreams
to dream

& I'll give you love
unfolding

Sun

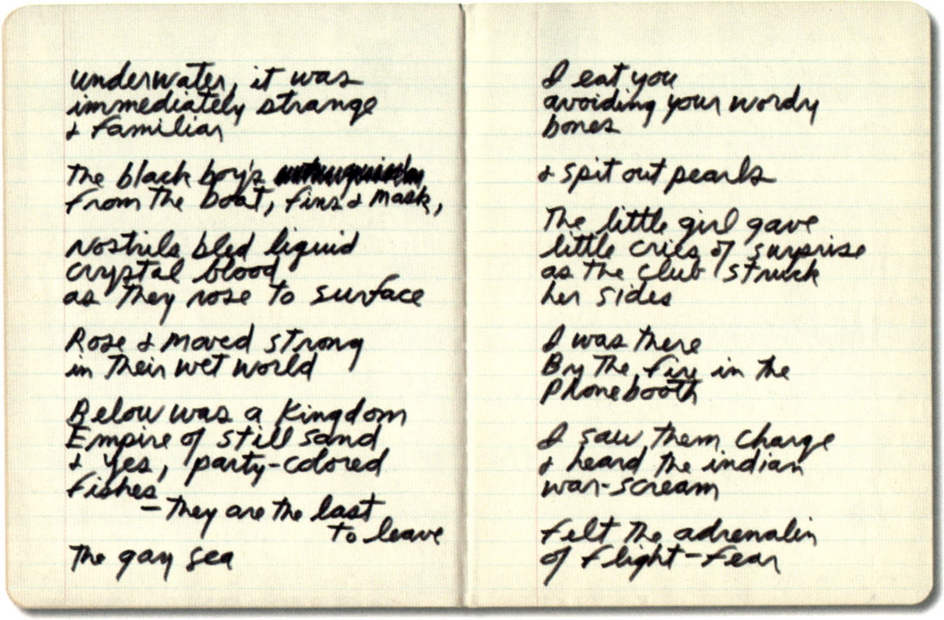

underwater, it was
immediately strange
& familiar

The black boy's ~~[illegible]~~
from the boat, fins & mask,

nostrils bled liquid
crystal blood
as they rose to surface

Rose & moved strong
in their wet world

Below was a kingdom
Empire of still sand
& yes, party-colored
fishes
—They are the last
to leave
the gay sea

I eat you
avoiding your wordy
bones

& spit out pearls

The little girl gave
little cries of surprise
as the club struck
her sides

I was there
By the fire in the
Phonebooth

I saw them charge
& heard the indian
war-scream

Felt the adrenalin
of flight-fear

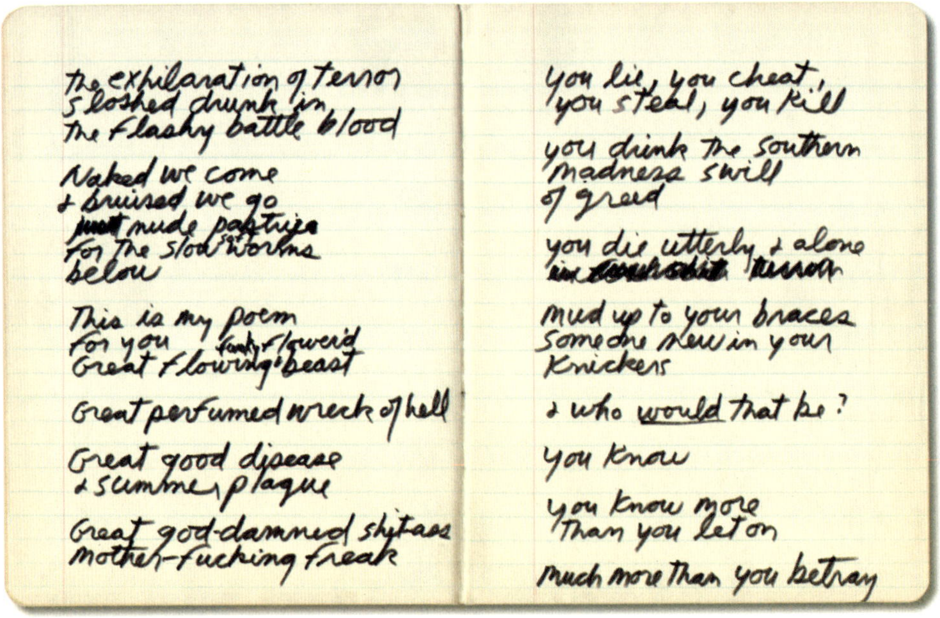

The exhilaration of terror
Sloshed drunk in
the flashy battle blood

Naked we come
& bruised we go
~~[illegible]~~ nude pastries
for the slow sq worms
below

This is my poem
for you funky flowerid
Great flowing beast

Great perfumed wreck of hell

Great good disease
& summer plague

Great god-damned shit-ass
mother-fucking freak

You lie, you cheat,
you steal, you kill

you drink the southern
madness swill
of greed

you die utterly & alone
~~[illegible]~~

mud up to your braces
Someone new in your
knickers

& who would that be?

You know

You know more
than you let on

Much more than you betray

RECORD
COMPOSITIONS
Song cycle
SINGLE ENTRY
LEDGER
S.E.LEDGER
Record

吉姆·莫里森的笔记本

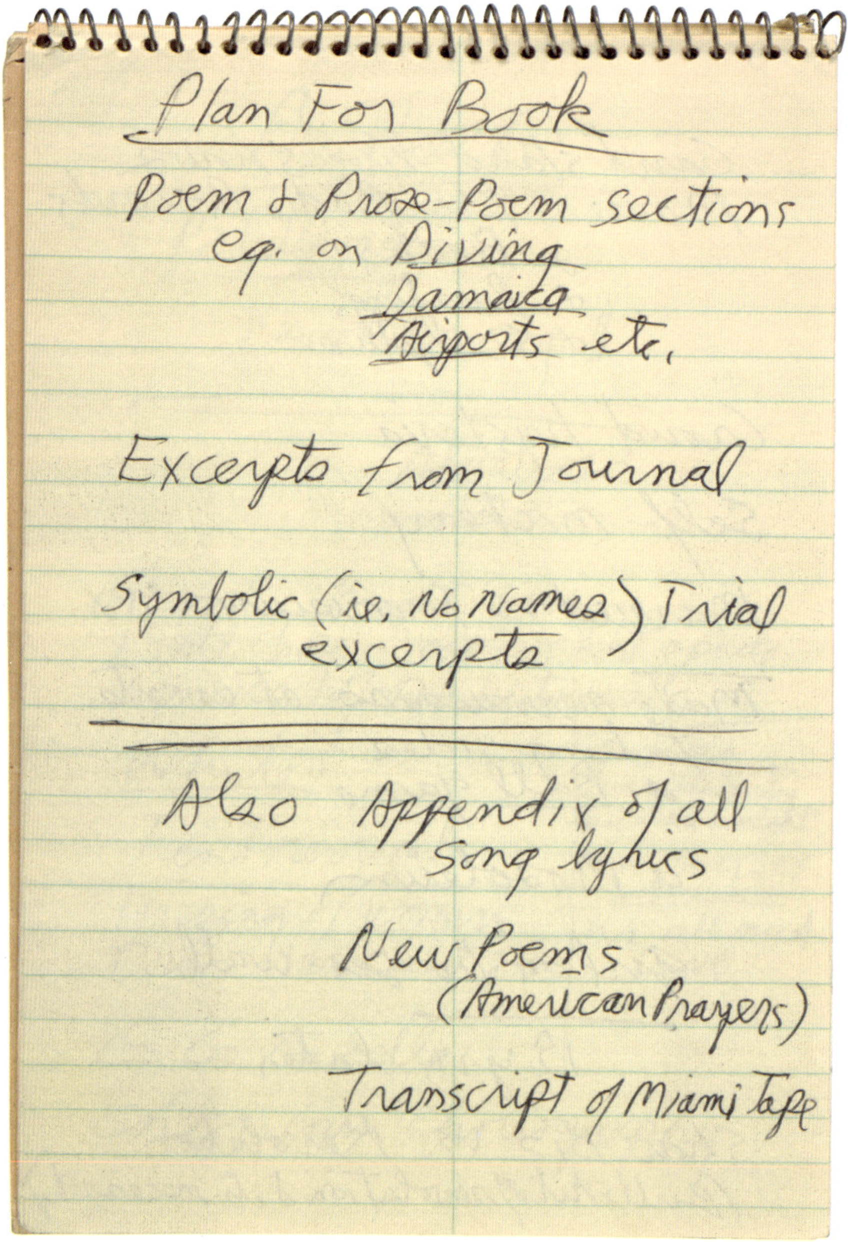

Plan For Book

Poem & Prose-Poem sections
eg. on Diving
Jamaica
Airports etc.

Excerpts from Journal

Symbolic (ie. No Names) Trial
excerpts

Also Appendix of all
Song lyrics

New Poems
(American Prayers)

Transcript of Miami Tape

吉姆·莫里森的写作计划

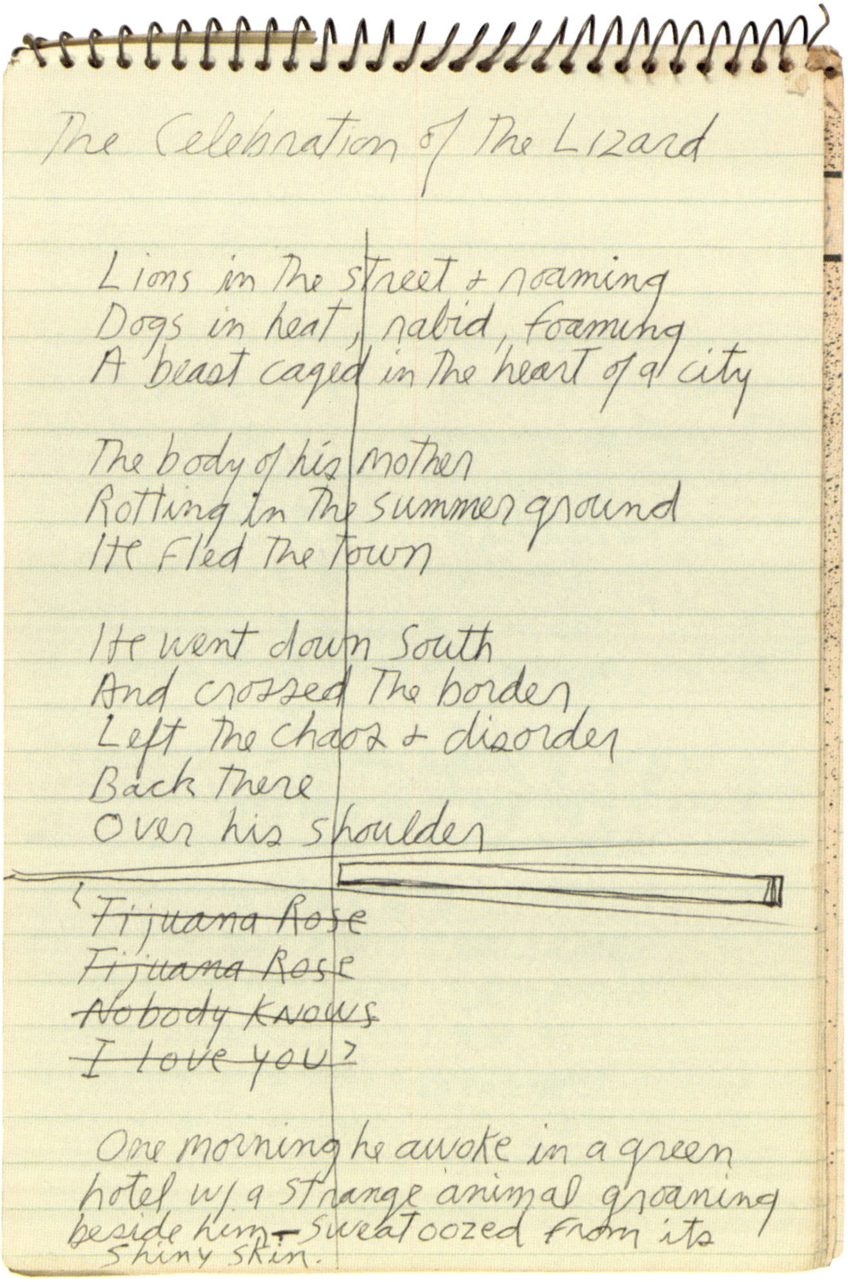

The Celebration of The Lizard

Lions in The street & roaming
Dogs in heat, rabid, foaming
A beast caged in The heart of a city

The body of his mother
Rotting in The summer ground
He fled The town

He went down South
And crossed The border
Left The chaos & disorder
Back There
Over his shoulder

~~'Tijuana Rose~~
~~Tijuana Rose~~
~~Nobody KNOWS~~
~~I love you'~~

One morning he awoke in a green
hotel w/ a strange animal groaning
beside him — Sweat oozed from its
shiny skin.

《蜥蜴的庆典》手稿

Is everybody in? (3)
The ceremony is about to begin.

Wake up!
You can't remember where it was.
Had this dream stopped?
The snake was pale gold, glazed, + shrunken.
We were afraid to touch it.
The sheets were hot dead prisons.
And she was beside me, old,
She's, no, young.
Her dark red hair.
The white soft skin.
Now run to the mirror in the bathroom,
Look!
She's coming in here.
I can't live thru each slow century
of her moving.
I let my cheek slide down
The cool smooth tile.
Feel the good cold stinging blood.
The smooth hissing snakes
of rain!

(Winds)

Man's voice:- Baby, baby.
Woman's voice:- Shhhh. What was that?
Man's voice:- I don't know. Sounds like...

(Laughter)

'Once I had, a little game
I liked to crawl, back in my brain
I think you know, the game I mean
I mean the game, called go insane

This little game, is fun to do
Just close your eyes, no way to lose
And I'm right here, I'm going to
Release control, we're breaking thru

Now you should try, this little game
Just close your eyes, forget your name
Forget the world, forget the people
And we'll erect, a different steeple

~~[illegible]~~ caves, cool air heights

~~pools, loam gardens~~, servants

~~dogs in the cruel~~ ~~[illegible]~~ morning

~~yards.~~

(Each house repeats a mold,
windows rolled, beast car
locked in against morning.

All now sleeping, rugs silent,
mirrors vacant, dust blind
under the beds

Of lawful couples ~~wrapped~~ ~~[illegible]~~ wound
in sheets, & daughters,
smug w/ semen, eyes
in their nipples.)

Wait!

There's been a slaughter here.

The mansion is warm at the top of the hill
Rich are the rooms & the comforts there
Red are the arms of luxuriant chairs
& you won't know a thing till you get inside.

Some outlaws lived on the edge of a lake
The minister's daughter's in love w/ the snake
Who lives in a well by the side of the road
Wake up girl, we're almost home.

We should see the gates by morning
We should be inside by evening

Sun Sun Sun
Burn Burn Burn
Soon Soon Soon

Moon-Moon-Moon
I will get you
Soon
Soon
Soon!

(Tambourines-) [illegible])

I am the Lizard King

I can do anything

I can make the earth stop
in its tracks

I made the blue cars go away.

~~I can make myself invisible or small~~
~~I can reach the farthest star~~
~~I can transform myself at will~~
~~& perform wonders stranger still~~

~~Look!~~
~~This radiant beach~~
~~& cool jewelled moon.~~

~~Couples, naked, race along~~ down
~~by its quiet edge.~~

~~And we laugh, like~~
~~soft mad children~~

The ~~Music & Voices~~
~~are all around us~~.

(Pause)

For Seven years
I dwelt in the loose
Palace of Exile
(playing strange games w/ the girls of the island)
Now I have come — [illegible] —
Again
To the land of the fair
& the strong
& the wise.

Brothers & sisters of the pale forest!
O Children of Night!
Who among you will run
With the Hunt?
— cries of assent —

~~Farewell!~~
~~We're leaving everything behind.~~
~~The city is only a dream now~~
~~all those rooms & disorders.~~

~~The proud sun~~
~~& violent milk-white moon~~
~~await us.~~

poisoned wells

~~Leave these crippled fires~~
~~& blood-stained streets.~~
~~Enter the hot dream.~~
~~Come w/ us.~~
~~Everything is broken up~~
~~& dances.~~

— shhhhhh —

~~Night has arrived~~
~~w/ her purple legion.~~
Retire now to your tents
& to your dreams.

Tomorrow we enter
the Town of my birth.

I want to be ready.

|

Music

— — Fade — —

end

|

序言

自我采访

我想采访是一种新艺术形式。我想自我采访是创造力的本质所在。向你自己提出问题然后设法找出答案。作家不过是在回答一系列未说出口的提问而已。

这跟在证人席上回答问题差不多。在那个陌生的区域，你努力确定某些在过去发生过的事情，努力如实回忆你当时是想怎么去做。这是一种至关紧要的心灵锻炼。采访通常给你一个机会，带着问题去直面你的思想，对我来说这也就是艺术的全部。采访还给你一个机会去检验并清除所有的填塞棉絮……你可以尽量做到清楚、准确、说到点子上……不要瞎扯。在采访的形式之前还有告解、论辩和盘问等。如果你说过了什么，你是不能收回去的。已经太迟了。这是一个关乎存在的时刻。

我对艺术和文学的游戏很着迷；我的英雄都是艺术家和作家。

我一直都想写作，但我一直都在假设，最好莫过于手一抓起钢笔，它就自己开始移动，不用我对它真正做些什么。就像自动写作。但这从未发生过。

我写过一些诗，当然。我想大概在五六年级的时候我写过一首诗叫《小马快递》。那是我记得的第一次。它是一首歌谣体的诗。但我始终没能把它拼凑起来。

《无风带》是我在高中写的。我从高中到大学写了很多本笔记，后来，我离开了学校，因为愚蠢——也许是聪明——的理由，我就把它们都扔了……我曾经一晚接一晚地写那些本子。但也许如果我没扔掉它们，那我就再也写不出任何独创的东西来——因为它们基本都是累积了一大堆我读过或听过的东西，比如书中的名言。我想如果我不能摆脱它们的话，我是永远不能自由的。

要知道，真正的诗歌不谈任何事情，它只是点出可能性。打开所有大门。你可以走进适合你的任何一道门。

……这就是诗歌让我如此迷恋的原因——它永恒不灭。只要还有人存在，他们就会记得词语以及词语的组合。除了诗歌和歌曲，其余一切都无法在大屠杀中幸存。没有人能记住一整本小说。没有人能描述一部电影、一件雕塑、一幅绘画，但是只要还有人类，歌曲和诗歌就将继续存在。

如果我的诗歌目标是达成什么东西，那就是让人们从所见和所感的有限方式中解放出来。

吉姆·莫里森

洛杉矶，1969—1971 年

蜥蜴的庆典

狮子在大街游荡
狗发狂，发疯，口吐白沫
一头野兽被关在市中心的笼子里

他母亲的尸体
在夏季地面上腐烂。
他逃出市区。

他去到南部并穿越边境
把一片混乱无序
全都抛在脑后。

一天早晨他在绿色旅馆醒来
有一只奇怪动物在他身旁呻吟。
汗水渗湿了它油亮的皮毛。

全都进场了吗？

全都进场了吗?
全都进场了吗?
庆典即将开始。

醒来!
你想不起这是什么地方。
这场幻梦结束了吗?

蛇泛着浅金色
光滑又蜷缩。
我们都怕碰到它。
床单是炎热的死牢。

她跟我在一起，年老，
她，不对；年轻。
她暗红色头发。
白皙的柔肤。

现在，奔向浴室的镜子，
看!
她正往这里来。
我无法活过她移动的每一个
　　缓慢世纪。
我让我的脸滑下

清凉光溜的瓷砖
感觉冷冰冰刺激的血
溜滑嘶鸣蛇形的
　　雨水……

我曾经玩过，一个小游戏
我喜欢慢慢爬，退回我的头脑
我想你知道我说的是什么游戏
我说的游戏，叫作“发神经”

现在你可以试试这个小游戏
只要闭上眼睛，忘掉你的名字
忘掉世界，忘掉所有人
我们就可以竖起，一座不一样的尖塔。

这个小游戏，很好玩的。
只要闭上你的眼睛，绝对不会迷失。
而且我就在这里，我也要进去。
放松控制，我们一路突破。

回头一路钻进头脑
回头一路穿过痛苦领域
回到那个没有任何痛苦的地方。

雨水轻柔地落在城里。
落在我们所有人的头顶
在地下，溪流的迷宫中
静静的非人世的存在
惶恐的山民们被舒缓的山岭围绕，
爬行动物繁盛众多
化石，洞穴，空气清凉的峰峦。

（每座房屋都重复一个模子
　　　窗户摇起，野兽汽车
　　　　　紧锁直到清晨。

现在都睡着了，地毯沉默，
　　　镜子空旷，灰尘蒙覆
　　　　　在床铺底下

合法夫妻受伤
　　　倒在被单里而女儿们
　　　　　以精液沾沾自喜，眼睛
　　　　　　　长在她们的乳头里。）

等等！

这里有一场屠杀。

（警笛声）

（不要停下来说话或张望
你的手套和扇子在地上
我们要离开市区
我们要赶紧跑
而你就是我要找的人）

不要接触大地
不要看到太阳
没其他可做的了，
只有快跑、快跑、快跑
我们跑啊

房子在山上
月光静静挂着
树木的阴影
见证呼呼的微风
赶快，宝贝
跟上我
跟上我
跟上我
我们跑啊

山顶上的大宅子暖洋洋
房间充裕而且家具齐全
豪华大靠椅有红色的扶手
你无法知道真相除非你进到里面。

已故总统的尸体在司机的汽车里[1]
发动机在黏胶和柏油上运转
快跟上去呀，不要离太远
到东边去迎接沙皇。[2]

有些逃犯住在一座湖边
部长的女儿爱上了蛇
它就住在路旁的一口井里

醒醒，姑娘！我们快到家了

太阳，太阳，太阳
燃烧，燃烧，燃烧
很快，很快，很快

月亮，月亮，月亮
我会抓住你的

---

1 肯尼迪在车队遇刺身亡。

2 赫鲁晓夫访美。

很快

很快

很快！

（尖叫）

让狂欢节的钟声鸣响吧

让毒蛇歌唱吧

让一切发生

（钟声）

——渐弱——

沙漠之夜

烈火的话语

“我们经过河流和公路

我们经过森林和瀑布

我们经过卡森和斯普林菲尔德

我们经过令人着迷的凤凰城

我可以告诉你那个王国的名字

我可以告诉你你所知的一切

抓紧一手的沉默给我听着
攀过山谷进入荫凉处”

烈火的声音
（哨笛，响尾蛇，响板）

“我是蜥蜴之王
我无所不能
我能够叫地球停止在它的轨道
我命令蓝色汽车都开走。

七年来，我居住在
流放地的自由宫殿
跟岛上的姑娘们
玩奇怪的游戏。

现在我重新降临
仙子、勇士和智者的土地。

晦暗森林的兄弟姐妹们
哦，黑夜的孩子
你们当中有谁愿意参加逐猎？

（赞成的呼声）

现在黑夜带着她的紫色军团来临。

现在退入你们的帐篷和你们的迷梦去吧。

明天我们要开进我诞生的城市。

我要一切就绪。”

|

|

音乐

—— 渐弱 ——

完

|

|

枯　水

关于溺水者

宗教的丝滑绒毛
刀柄和钱币的油光
有机齿轮传动的宇宙
或机械显微镜下的
金属娃娃胚胎
黑夜是一台钢铁机器
碾动它迟缓肮脏的巨轮
大脑被塞满时钟，以及钻头
而水流进沟渠
刀柄，血迹斑斑
像钱币和布匹
它们擦拭，而皮肤，它们喜欢
触摸

坟地，墓碑，

阴森石头与如尼文石碑[1]

沙滩和月亮，交配

深深的西部之夜

等待着这班人中的

某个人逃离

绞刑吏的绳套是一个

银色水闸诱饵

来吧哥们

你的肉就吊在

渡鸦翅膀上

男人之鸟，诗人之魂

嘘——嘘——

草丛的轻轻窸窣声

那话声来自遥远的

内部，等待着它的诞生

在阴凉的房中，在翻卷的骨头上

疯癫自由亲热笑呵呵的

婴儿们在跳舞厅，亲如

一家的朋友们围坐在

桌旁，美食丰盛

温柔内疚的女性笑声

1　如尼文（Rune）是中世纪北欧神秘文字系统，用于占卜、经诗、咒语等，现尚存一些古代石刻中。

酒吧间，男厕所
人们汇聚起来组建
军队并寻找他们的仇敌
和战斗

* * *

　　簇拥在机警的恐惧中
藤蔓生长，空洞的灌木
　　干枯的癌病之井
我们在黎明前醒来，溜进
　　大峡谷

中午校园里尖叫的
　　玩闹声，午餐时间结束
跳绳，皮球狠狠拍打
　　水泥沙砾，女性的大地
是明亮的，全都膨胀到最令人
　　不舒服和戒备的程度

一阵喧嚣的录音爆响
　　震撼土地。音乐
已被铆紧在新的声音中。
　　快跑，跑到安歇尽头

一首赞歌已在翻腾
　　坏家伙们赢了。

＊＊＊

银光在昏暗中抖动
我离开了她

树林荒废且永远摇摆

大理石门廊和山林檐饰下
她跪下来

她乞求蜘蛛王娶她
溜上了床

他把她翻过个儿

那里有一个小皮袋
装满了银子

它像水一样涌出

她离开了

带着我给她的硬币

＊＊＊

关于溺水者
沙哑低语
求告，濒临边缘，
桑格雷德克里斯托山的[1]
一道旱谷

繁荣时代的暴力

有一位聋子见证人
在岸边，河滩上
一袭盛装倚着
一堵颓墙
像耶稣那样。红得发黑的嘴唇，
苍白的肉体在褴褛衣衫中
瑟缩，往昔的深渊
和秘密被揭示在
斑斑驳驳的白垩墙上

通常，如果一个人未被雨

1　桑格雷德克里斯托山（Sangre de Christo），位于落基山脉南部，西班牙语原意：基督宝血。

溺死，三滴水便足够
战争就此结束了
我不是医生也不是圣徒
基督或士兵
现在，朋友们，别看我
忧伤地喊叫像一个
难以理解的孩子
我从自己的呼吸就知道
我在说什么，而我看见的东西
需要讲出来。

＊＊＊

千万别动！
这里有危险。
一条信息已经发送
将直达大脑中枢
一个微弱讯号正一路传去
一支希望之箭，预报降水
一根死亡之杖承载着痛苦

我不会再来

一

我不会再来
我不会再来
进入漩涡
那匹沉溺酒瘾的
公马在吃种子，
所有劳苦都是谎言；
在腰腿之间
不会有恶习被煽动
去融化或挑战任何强大的
颗粒状的微笑。
就让各色各样的石头活着吧。

二

现在你已经
独自去
探索沙漠
而让我独自留下

小镇平淡无奇
有一个黑衣姑娘
钻进一辆汽车
麻木地寻找
她的钥匙串；

现在你已经远去
或迷失了方向——

我坐着，听着嗖嗖作响的
的车辆和求告
这间焚烧过被毁坏的
房间里某个幽灵，某种
与这时刻隐约相似的东西

来了又去，去了又来，
像一场漫长又恶心的
电子噩梦。
这种浑浑噩噩的
状态。在别处人人都在
贪求她的爱。

他们会耗尽她的生命
就像那些温暖的接头

插入她的灵魂
从每一方面为我融化
她的形体。

但是我值得这样做，
我是最伟大的食人族。
有些厌倦了未来。
让我沉睡吧。
带着疾病。

＊＊＊

在这个昏黑洞穴
我们无法走得太远。
在这里，钱财是钥匙
来抚平年纪。马群，
造孽的马。大袋
大袋的黄金。

我需要顺服！

我们审查这座古老
而癫狂的剧院，它淫秽
就像那些华丽的教堂

祭坛。

我向台布
忏悔
清凉的地板
飘动的窗帘

跟我们相比
演员有双倍的福佑。这可是
过于严肃而又严苛。

伟大的奥秘！
永恒的激情
在静滞中同出一辙。

＊＊＊

性对于你
是线绳
把我们
一直捆扎
在这个暗淡的
星球。

对诗人
和封面女郎，
彩色照片，
对荒漠深处
交战的
大军，
对大力士参孙
以及他所有的
将领
静静绑缚
正跟异域的
天使长们
黄昏时，在
苏美尔
和北非
沉睡。

当舞者振身而起时
巴扎集市人潮涌动。
蛇形花环及各种趣事。
我带你去一个低矮洞穴
叫作“哈里发”。

* * *

站在那里细听
你就会发现它们
那些微小形状刚超越
　　月球
星空飞虫，飞镖，
沮丧的羽叶
激发猿猴牙颚奋力
去叫响早晨
分发邮件的呼喊

猫头鹰咕鸣。
听听那树林藤蔓深处。
哺乳的蛇在爬行，咬啮
躁动不安

我知道你。
就是你离开去
发警报。现在没了指望
且闷闷不乐。调动
延期了。

守林人
去偷一颗桃给我吧
从橘子树上

她晕倒了。

你在干什么
竟将手放在她的
乳房？

她晕倒了，夫人。

把她交给我。

遵命，夫人。

去告诉长官
你都干了什么。

他们杀了他。

后来。

戴着手铐
上楼梯
进他的牢房。

霰弹枪开火

从背后。

未被践踏的脚印

一

未被践踏的脚印
边境线迷梦
罪人们的时机
看上去仿佛活跃
可以漫步
独自走到海边
放荡地低语
我不在了
即便我的心跳动
我还能活着
放荡地低语
遥远的沙滩

二

请进入我的美丽小岛

疲惫的西行流浪者
前路渺茫看不到头
孤孤单单就该歇一下
快到我的船上来吧
去过那么多无聊的岛屿
我也该快乐放松一下
我不想再干水手了
我不想再干了

三

我需要你的时候你在哪里?
到底哪里，除了某个遮蔽
坚固的天堂；荒废，破败
破得凄凉如一种任我们穿过的轻薄东西

四

顽童爬行，破产的
　　挥霍者吸血者全都
酝酿在北方
　　被玷污的土地

他已迷失
　　脱离航空器
高高俯瞰
　　长久笨拙的酿酒厂的
　　　　遮蔽品种

这群丑陋的船员
　　我们中毒的喷气机
上帝给我们爱并给
　　我们速度
好让我们重新回家
　　爱
被人们打瘸腿
　　被虚无切断
公屋项目
　　难以置信的损害
　　　　也能治愈

五

她是我的女朋友:
我不会说出她的
　　名字但是我想

你已经知道她的
　　名字
　　　是
广场火烧昆虫
石雕藏红花进入
半残破的火焰

不管你是否
称呼她的真名
都是同样的游戏

六

她住在海底下的
　　一座城里
海盗的囚徒
　　迷梦的囚徒
我想跟她一起
　　想让她看看
我创造的事物
　　流血的海蚌
不可思议的战舰上
　　敏感的种子

蜻蜓盘旋

摇荡并挑逗着

野草和他的翅膀

正怒火冲天

这时候应该解救

他溺水的危难

新生灵

一

蛇皮夹克
印第安眼睛
闪亮的头发

他烦躁地乱动
尼罗河昆虫
空气

二

你阔步行进在温和的夏天
我们眼看你急切的步枪在腐朽
你的蛮荒
你的空空荡荡的旷野

黯淡的森林在阳光边缘
衰败。

还有你更多的奇迹
更多的魔法武器

三

在疫病牧场里狠狠吃草
牲畜悲哀，而沙发床
抽着鞭子。
层层铁幕撬开了。
精工细作的太阳意味着
尘埃、刀子和嗓音。

在荒野中呼喊
狂热中呼喊，迎接
阿兹特克国王的梦遗。

四

岸沿高耸，长满

密密麻麻的暖绿色危险。
开启水闸门。
惩罚我们姐姐的好闺蜜痛苦不堪。
你想要我们这样对待其他人吗?
你爱慕我们吗?
等你回来的时候你会不会
还想跟我们一起玩?

五

坠落。
奇异诸神以快速的敌对姿态抵达。
他们的衣衫都是柔软的婚礼服
　　　头发扎在一起。
他们手臂上披挂的饰品
　　掩盖比血更蓝的静脉
　　假装着迎接。
温柔的蜥蜴眼睛相连。
他们温柔而衰竭的昆虫喊叫竖立起
　　恐惧王国的新恐惧。
他们的表皮摩擦着性交的窸窣声。
风吹走所有声响。
在惩罚之地盖上你的见证印章吧。

六

创伤、雄鹿和箭支
蒙头罩的飞闪大腿跳入
　　娴静的妇女们身旁。
池中人慌乱地臣服。
惊愕的山洞都要遭到抢掠。
放荡、散乱无章、没精打采的洗劫之芭蕾。
男孩子在跑。
女孩子在尖叫、摔倒。
空气里浓烟弥漫。
死亡的噼噼啪啪电线舞成
　　一池池血海。

七

蜥蜴女子
你有昆虫眼睛
你有狂放震惊。
温暖的沉默之女儿。
毒液。
你扭动着凄凄作响的智慧转身而去。
那一眨不眨的盲眼

在墙后是新的历史崛起，
并咆哮着、闪耀着唤醒
迷梦的怪异黎明。
群狗躺睡着。
狼在嗥叫。
一个生灵活过了战争。
一座森林。
一片切割词语的窸窣声，堵塞了
河流。

八

蛇、蜥蜴、昆虫眼睛
猎人的绿色管辖区。
赶快，趁着新鲜，上菜
潜行、沉睡，
把温暖的森林都碾成躁动的木料。

现在到山谷。
现在到糖色头发。
刺瞎眼睛，拓宽诸天
就在颅骨背后。
麻利地结束狩猎。

环抱着浮肿撕裂的乳房

　　和染红的咽喉。

猎犬趾高气扬。

带她回家吧。

扛着我们姐姐的尸体，回到

船上去。

＊＊＊

一双翅膀

坠毁

业报的强风

塞壬们

大笑声和年轻的话音

回荡群山。

＊＊＊

圣徒们

黑人，非洲

文身

　　眼睛如同时间

＊ ＊ ＊

修建临时居所、游戏
和私人房间，在那里玩乐，躲藏。

第一个站立的人，转换姿势
于是美景的雏形
在他头脑中展开旌旗

并活跃起来，头发、指甲、皮肤
慢慢转变，回旋，在
温暖的鱼缸里，温暖的
轮子转动着。

洞穴鱼、鳗鳝和灰蝾螈
进入它们夜间睡眠的生涯。

视觉的概念避开了
蠕虫动物，它们的泥土
就是一个海洋，眼睛就是它们的身体。

＊ ＊ ＊

从理论上说生产是由婴儿
离开子宫的渴望而促成的。
但在照片里有一匹未出生的马
将脖子往里面伸而四条腿在外面蹬。

从此才有下面这一切:

在乳房上吃奶
直到没有奶为止。
在边缘榨取财富
直到铺砖池塘提出声索。

他吞下种子，他的骄傲
直到有苍白的嘴巴和大腿

她吮吸根茎，惧怕着
世界会吞噬孩子。

难道我死的时候
不是大地吞掉我吗？或者
当我死在海上不就是大海吗？

* * *

城市。蜂巢、蛛网，或被掘开的
蚁丘。所有市民都是
同一对王室父母的后裔。

笼中兽，神圣中心，
城市中央的一座花园。

“看到那不勒斯就死而无憾。”
跳上船。老鼠、水手
和死亡。

这么多的野鸽子。
动物们染上各种新疾病。
“只有一种疾病
而我是它的触媒。”
带病者喊出了致命的骄傲。

斗殴，跳舞，赌博，
酒吧、电影院兴盛繁荣
在贪婪的夏季。

* * *

野蛮的天命

裸体少女，可见其后背，

在一条天然道路上

朋友们
探索迷宫

——电影
年轻女子被弃在荒漠

一座热病发狂的城市

* * *

独角兽的姐妹们，跳舞吧
金字塔的姐妹兄弟们
跳舞吧

残肢断臂
旧时代传说
圣洁池塘的重新发现
把哑然的静默

变成婴儿的啼哭

野狗
圣兽

去找到她!

＊＊＊

他去贫民窟
看望那个少女。
黑暗粗野的街道。
一间棚屋，点着蜡烛。
她是魔法师
女先知
女巫
穿着像古人
全套齐整。

星辰
月亮
她会从你的掌纹
看到未来。

＊＊＊

四壁艳红艳红的
楼梯
极其刺耳地怪叫
她看到了朕兆。
“你也是”
“别去”
他逃了。
音乐重新开始。

配对场。
“救赎”
被诱惑着绕圈蹦跳。

黑人暴乱。

* * *

畏惧那些隐蔽在我们当中的主宰者。
主宰者跟我们在一起。
生于怠惰与胆怯。

* * *

他跟我说话。他用大笑

恐吓我。他握着
我的手，领我通过
一片寂静走入幽幽嗡嘤的
钟声。

＊＊＊

一队年轻人
在小树林穿梭。

＊＊＊

他们在拍摄
街上的什么东西，就在
我们家前面。

＊＊＊

走向暴乱
它已蔓延到住宅区
草坪
　　突然活跃起来
　　到处是人
　　在跑

* * *

我不懂他们
对那个少女做了什么
善良的人啊
他们唱着狂放的歌曲
同时砍断她的双手
钉在一棵鬼怪
树上

我见过私刑
遇到过南方沼泽的
　　几个怪家伙
柏树是他们的谈话
鱼叫和鸟鸣
根茎和符号
　　完全闻所未闻
他们正巧在那里
当向导，指引白色
诸神。

* * *

一座严阵以待的军营。

雄兵百万
点燃自我来
庆祝。

＊＊＊

胡狼，我们跟在商旅队的幸存者后面嗅着。
我们在战场上收割血腥庄稼。
任何尸体的肉都不能剥夺我们干瘪的肚皮。
饥饿驱使我们迎风寻味。
陌生人，旅人，
注视着我们的眼睛并翻译出
古老犬类的可怕吠叫。

＊＊＊

骆驼商旅队载着
枪支归于恺撒的证据。
游牧民爬动并渗透到
墙壁之中。大街上
石头滚滚。生活继续
吸收着战争。暴力
杀死了无性欲的教堂。

＊＊＊

可怕的叫喊开启了
　　行程
——他们要尽快迁徙才好

——高声恸哭哀号
凄厉的动物悲歌
那是一个女人
高高在塔顶上呼喊

——栅栏
在思维中
分隔着心灵

＊＊＊

鬼鬼祟祟之中
他们微笑
魅惑着——微笑着

　乔克泰[1]
　滚开！

1　乔克泰（Choktai），可能是巫术中一个邪灵的名字，此为音译。

邪灵
滚开!
不要来这里
离开她!

一个生灵在抚育
它的孩子
温柔的双臂怀抱着
脑袋和脖子
一张嘴连接着
不要惊扰这个孩子
这个是我的孩子
我正带她回家
回到雨中

* * *

刺客的子弹
跟国王结婚了
在漫长的空气掩饰下
亲吻王冠。
王子在血泊中闲逛。
颈脖的颂歌
那是为强奸的礼袍

而备好。

* * *

癌病之城
市区之秋
夏季的忧伤
老城区的公路
汽车里的鬼魂
电动的影子

* * *

恩森那达[1]
死海豹
狗十字架
死汽车太阳的鬼魂。
停下车。
雨水。夜色。
感觉。

* * *

1 恩森那达（Ensenada），西班牙语原意即海港，墨西哥西北部重要港口、旅游胜地。

海鸟海吟
地震嗡鸣
速燃熏香
喧嚣巨浪
蛇形曲径
中国洞中行
四风之乡
众神举丧

* * *

城市睡了
而快快不乐的孩子们
跟兽群一起漫步。
他们像是在跟
朋友们交谈，
而流浪狗
教他们怎样跟踪。
谁能捉住他们？
谁又能允许他们
进屋？

* * *

帐篷少女
在半夜
溜到井边
来跟她的情人相会
他们说了一会话
又大笑
然后他走了
她把一个橘黄色枕头
抱在胸口

早晨
头领撤回队伍
并谋划路线
骑士们上马
女子把绳索
绑紧
帐篷都收好了
我们向大海前进。

* * *

恐怖目录
自然灾害记述
神圣走廊神迹名单

神圣水渠鱼类目录
室内物品目录
圣河事物名单

* * *

一

日落时分
温柔大集会就开始了。
一辆辆汽车雷鸣般开往
大峡谷。
时间和地点正合适。
汽车轰轰开过。
“你的机器好够劲啊。”
这些引擎野兽
嘀咕着它们温柔的
交谈。真开心,
两年之后
重新
在夜里
听到它们安静的话语。

现在温柔大集会

就要开始了。
在疲劳的大地上
一个个清凉的池塘
正沉没
到傍晚的安宁之中。

云霞渐薄
并消逝。
太阳，像一个橘子头颅，
默默呢喃，变成一座
岛屿，而后退去。

他们在那边
观望着
我们而一切事物
都将黑下去。
光线变暗。
我们已发觉
震颤的空气有齐膝深
就像船舶在航行时
拖着长长的尾迹。
战壕又重新
在各个军营打开嘴巴。
淋病

叫少女快回家
我们需要一个目击者
见证杀戮。

二

地狱艺术家们
在公园撑起画架
可怕的景致，
在那里市民们发现焦虑的愉悦[1]
正被一群群野蛮青年捕食

我不相信发生了这种事情
我不相信这些人全都
在互相嗅寻对方
然后退开
龇着牙
毛发耸立，嗥叫，就在这场
大屠杀的风中

我是幽灵杀手。

1 焦虑的愉悦（anxious pleasure），在基督教中原指敬畏、惶恐又渴盼和欢欣的崇高体验，常被戏称不成熟的性快感。

向众人见证
我的替天行道。

就是说
不再有欢乐
所有喜悦的死亡
已降临。

你竟敢
否认我的
权力
我的慈悲
或宽恕?
那就试试吧,
你会下油锅
就像别的
圣徒一样

我不会为了
一分钱
就抽出
一点时间
给你
幽灵孩子们

都在那边
那个吓人的世界

你是孤独的
并不需要他人
你以及孩子妈妈
她生下你
她给你断奶
她让你长成男人

三

快照亭杀手
脆弱的匪徒
直接跳出埋伏点

杀了我吧！
杀死那个会长大成你的
孩子。
杀死那个发人深省的
色欲参议员
是他把你带进这个国家。

杀死仇恨
疾病
战争
忧伤

杀死邪恶
杀死疯狂
杀死照片母亲谋杀树木
杀死我。
杀死你自己
杀死那个瞎眼的小鬼。

* * *

漂亮的怪兽
呕出一大摊手表
座钟珠宝小刀白银
钱币和紫铜的血

时间和烦恼之井
威士忌瓶子香水
剃刀锋刃念珠
液体昆虫铁锤
以及小钉鸟足

老鹰羽毛和爪子
机器镀铬零件
牙齿头发破碎的
陶器以及颅骨我们时代的
废墟那些残骸
堆满在湖边闪亮的
啤酒罐子、锈蚀、黝黑
来月经的皮裘

踩着碎骨上赤裸舞蹈
双脚流血、染红
玻璃伤口覆盖你的思维
和真空船的干燥部
而这时人们
向沉寂的池水投下钓绳
把一条古老的鳟鱼
从深深的家里拖出。鳞片
坚固，绿光闪闪
一把刀失窃。一把
珍贵的狩猎刀
被大湖对面另一个营地的
某些陌生男孩
偷走了

* * *

一

这些人是我们的朋友吗
正赛跑着、哆嗦着
经过宁静的国会山谷

我儿子不会死于战争
他会回来的
麻木的农民说出东方
渔夫的声音

上次你说
这是唯一办法
温柔少女的声音说道

跑着，说着
感染了绿色的
丛林

祈求神谕
苦水溪
鱼栏

它们靠雨水生存

猴子的爱
真言伙伴[1]
烧酒贩子

毒药群岛
毒药

收下这一粒小小的
邪恶蛇根[2]
它来自南方
海岸

走出奇迹的路
会找到你

直升机熊熊燃烧
里面叽叽嘎嘎，肯定
爆掉了东西，使得
麻风病地带
摆脱了定时炸弹

---

1 真言（mantra），曼怛罗，梵语的咒文，如“嗡嘛呢叭咪吽”。

2 蛇根（snakeroot），据说蛇根草的根茎可治蛇毒。

侦察出饥饿
并坚守法律

请你
向我们展示你破烂的脑袋
和淤积着微笑的眼睛
在火中处之泰然
一件丝绸花衬衫
磨利了双眼，活跃的
蜘蛛一般，长途
电话在撒谎

* * *

来吧，冷静者
进入生活的考验吧

已经像个主妇[1]
潜伏、坚韧、放肆
无度、肥胖又懒散
她是一个哭泣王国的
淫荡军团，正进攻
精神性的男子

1 原文这段用一系列“L”头韵的词语形容已婚女性。

你的礼仪全都去哪儿了
那边阳光暴晒的
荒漠
无边的沙尘星系
仙人掌刺，发白的
圆石头，瓶子
以及一堆破车，留待整形

一个新男人，时间战士
夹缝中择路而行
穿过拥挤的废墟
那曾经肃穆的城市，如今
滑稽地成了老鼠
和昆虫的庇护所

他住在汽车里
徒劳无获地穿梭在
冰冻的校园
发现没有一处空间
还处于管辖区的
荫蔽之下

监视器都静默
那些高大的砾石警卫塔

在西海滨无精打采
厌倦了瞭望

哪怕只剩一匹马也好
在这片废土驰行
还有一条狗在他身边
嗅着那些在广场上
被戴镣示众的卖肉女子

不再有争论了
在床上，在夜里
黑暗被点燃
注视着城里的各个客厅
里面有一个女人舞蹈
穿着欧洲晚礼裙
跳着大华尔兹
这般统治一片荒原
也许有点意思

二

樱桃棕榈
恐怖海滩

以及还有
还有很多

我们所知的就是
一切生而自由
在学校制造的
关于不可饶恕者的课文

欺骗性微笑
要遭受难以置信的艰辛
尤其对那些简直
无法忍耐的人

但一切都会过去
躺在绿色草坪上
微笑，冥想，注视
她的光洁
就好比
一个待嫁的女王
像是
爱上了
一位骑士

这样，不是很温馨吗

阁下，不是很清楚吗
只需漫不经心地
回头看上一眼

1968 年 7 月 24 日
洛杉矶，夏威夷

主宰者（幻象笔记）[1]

看看我们的膜拜之地吧。

* * *

我们都生活在城市。

通常在物理上，但不免也在心理上——城市构成一个循环。一个游乐场。一个以性欲为中心的死亡之环。向城市郊区外围一路扩大。在那些开发区的边缘，是市侩的丑恶、倦怠、雏妓。但这肮脏的圈子紧紧围绕着一个白日下的商业区，那里存在着我们人山人海中唯一真实的群体生活，唯一的街道生活、夜生活。病态样本在廉价旅店、下等寄宿屋、酒馆、当铺、脱衣舞厅和妓院，在永不死的垂死拱廊商街，在街道和那些通宵电影院的街道，到处都是。

* * *

1 《主宰者》（*The Lords, Notes on Vision*）组诗原作初版为无序列的散页，译文主要按莫里森在世时公开发行的 1970 年版单行本，也是流传最广的版本，部分参考了《全集》版和其他爱好者编辑的非官方版。

玩乐死了之后成为游戏。
性爱死了之后成为高潮。

* * *

一切游戏都包含死亡的概念。

* * *

今天所有电影放映室的门口都是钢制的。
剧场是保持遮光，还是保持黑暗？

* * *

浴室，酒吧，室内泳池。我们的伤残领袖趴在湿淋淋的瓷砖上。他的呼吸和他的长发里冒着氯气。尽管跛脚，但仍是灵活矫健的中量级选手。他身边是一位值得信赖的记者、密友。他喜欢他身边的人们对生活有豁达的认识。但大多数媒体都像一群秃鹫扑上来围观古怪的美国式镇定。一台台摄影机在棺材里边采访蛆虫。

* * *

要用大型杀戮才能翻动阴影里的石头，露出它们底下的奇怪虫子。我们那些不平不满的疯子的生活被揭露了。

* * *

摄影机，无所不见的神，满足了我们对全知的渴求。从这个高度和角度窥视其他人：步行者在我们的镜头里进进出出，像罕见的水生昆虫。

* * *

瑜伽之力。能让我们自己变得不可见或微小。能成为庞然大物并触及最遥远的东西。能改变自然进程。能让我们置身于任何的空间或时间。能召唤死者。能提升认识力，并知晓那些发生在异域世界，在自己内心最深处，或在他人内心的事情，那些不可触及的形象。

* * *

狙击手的步枪是他眼睛的延伸。他用有害的视觉来杀人。

* * *

刺客（？），在飞行中[1]，无意识地下坠，本能的昆虫，像蛾子，要找一个舒适的安全区，以躲避拥挤的街道。很快，他被吞进物理剧场那温暖、幽暗、沉寂的胃袋。

1　在飞行中（in flight），也有“逃跑”的意思。

＊ ＊ ＊

地狱的现代环圈：奥斯瓦德（？）杀死总统。[1]

奥斯瓦德上了一辆出租车。奥斯瓦德在一家旅店停下。

奥斯瓦德下了出租车。奥斯瓦德杀死蒂皮特警官。

奥斯瓦德脱掉外衣。奥斯瓦德被捕。

他逃进了一家电影院。

＊ ＊ ＊

在子宫里我们是瞎眼的洞穴鱼。

＊ ＊ ＊

一切都模糊缭乱。皮肤肿胀，身体各部位没有太大区别。危险的响动渐渐迫近，嘲弄的、单调的人声。这就是被吞噬的恐惧和魅惑。

＊ ＊ ＊

在梦的深处，纽扣围着你的身体入睡，像一只手套。空间和时间现在都可自由享受、自由消融在川流的夏日中。

---

1 奥斯瓦德（Lee Harvey Oswald，1939—1963），据说他刺杀了美国总统 J.F. 肯尼迪，而他本人在被捕后又被人枪杀。

* * *

睡眠是深深的海洋浸泡着每个夜晚。早晨，湿淋淋地醒来，大口喘气，眼睛刺痛。

* * *

在那个丑陋的荚壳里
眼睛显得俗不可耐。
快打开它吧，
现出你所有的光华。

* * *

虚无。外面的空气
灼烧我的双眼。
我要把它们揪出来
以摆脱这种灼烧。

* * *

酥脆火烫的白色
城市中午
疫区的房客们

被吞噬。

（圣安娜就是荒漠吹来的焚风。）[1]
劈开格栅，跳进渠沟。
寻找水和潮气，
演员、爱人的“湿”。

* * *

“玩家们”——孩子、演员和赌徒。“运气”的概念不存在于孩子和原始人的世界。赌徒也能感觉到外来力量的影响。运气是现代城市里的一种残存宗教，就像剧院，更常见的是电影院，这是一种关于财产[2]的宗教。

* * *

城市里能诞生何种祭献，价格几许？

* * *

不再有“舞者”了，那种着魔的人。人分裂为表演者和观看者，

---

1 圣安娜（Santa Ana），美国加州城市名，橘郡首府，又指冬天从加州南部荒漠吹往太平洋沿岸洛杉矶一带的干热、强劲的焚风（foehn）。

2 财产（possession），也有“着魔”“迷狂”的意思，参见下面“舞者”一段。

这是我们时代的核心事实。我们痴迷于那些英雄，让他们替我们生活并让我们惩罚他们。如果所有电台和电视台都被剥夺了它们的电力来源，所有书籍和绘画在明天都被烧掉，所有展览馆和电影院统统关门，所有作为代替性[1]存在的艺术……

我们对感官寻来的“供应”感到心满意足。我们从前在山坡上疯狂舞蹈的身体已经蜕变成一双在黑暗中瞪视的眼睛。

* * *

没有哪个囚犯能获得性欲平衡。抑郁、阳痿、失眠……性欲弥散在语言、阅读、游戏、音乐和体操中。

囚犯建造了他们自己的剧院，这证明闲暇时间实在太多了。

一个年轻水手被迫扮演女性角色，他很快就成了“全城”的宝贝，因为这时他们已自称为城，还选出了市长、警察和议员。

* * *

在古俄罗斯，沙皇每年从他的囚犯中选出一人赐予一个星期的自由——不知是出于他本人还是哪位大臣的精明主意。人选由囚犯们自己定，有几种选择方式。有时投票，有时抽签，但通常是靠武力。显然这样选出来的必定是一个有魅力、剽悍又老练的人，也许还能说会道，一个有可能性的人，简言之，一个英雄。自由时刻的不可能状态，

---

1 代替性（vicarious），即非亲身体验的，如读书、看戏等。

不可能的选择，以其撞击声定义着我们的世界。

* * *

一个房间在大地上移动着，拔除思想，
骇人的幻象。一张灰色菲林从眼中
融化，流下脸颊。再见了。
现代生活就是一趟乘车旅行。旅客们在
臭烘烘的座位上可怕地改变，或从一辆车
游荡到另一辆，经受无穷无尽的变换。
这不可避免的过程从开始就注定了
（任何终点都没有区别），当我们
切穿一座座城市，它们破碎的尾部就像
一部电影里的窗户、广告牌、街道
和建筑。有时其他交通工具，封闭的
世界，或真空，从我们一旁向前驶去
或者永远落在后边。

* * *

摧毁屋顶、墙壁，可一眼看清所有房间。

我们从空中捕捉了众神，获得众神的全知视角，却没得到他们高飞时深入心灵和城市的能力。

* * *

6 月 30 日。在向阳的屋顶。他突然惊醒。这时一架喷气机正从空军基地悄悄爬升而过。在海滩上，孩子们都想跳进它那迅捷的阴影。

* * *

鸟或昆虫掉进了屋里
就找不到窗户。因为它们不知道
“窗户”这个词。

黄蜂，在玻璃上盘旋，
一流的舞者，
完全超然，不想飞进
我们的房间。

纱网残破的房间里
在肉体胀鼓鼓的
那盏绿灯下
阅读爱的词汇表。

* * *

当人们开始设想建筑，

把自己关在房子里，
先是树巢和洞穴。

（窗户有两种作用，
镜子只有一种。）

你永远走不进镜子
也无法游过窗户。

* * *

用妓女的唾沫治疗失明。

* * *

在罗马，娼妓在大马路两旁的屋顶上招揽生意，因为某种不靠谱的卫生要求，以免不受控制的男人的潜在欲望危及脆弱的权力秩序。甚至有记载，经常会有些贵族女子，戴着面具，光着身子，向这些贫乏的眼睛展示身体，以求她们自己私下的刺激。

* * *

或多或少，我们都患有偷窥心理。不是严格的医学或法学意义上的，而是说我们面对世界时的整个身体和情感状态。每当我们设法打破这个被动接受的魔咒，我们的行为就会冷酷、笨拙而且通常猥亵，就像一个残疾人忘了怎样走路。

* * *

窥视，偷看，色鬼汤姆，是一个黑色喜剧演员。在黑暗的隐匿中，在秘密的侵入中，他令人厌恶。他孤独得可怜。但奇怪的是，他又通过这同样的沉默和藏匿能够把他眼中所见的任何人都不知不觉地变成他的同伙。这正是他的威胁和力量所在。

没有什么玻璃房子。当窗帘拉下，“真正的”生活才开始。有些活动是不可能公开的。这些秘密之事就是偷窥者的游戏。他会用千千万万道目光把目标寻找出来——就像在小孩的观念中神祇能无所不见。“一切都能看见？”小孩问。“是的，一切。”大人答道，于是小孩就只能独自去应对这位神圣的入侵者。

* * *

偷窥的人是自慰者，镜子是他的奖章，窗户是他的猎物。

* * *

通过吸收、内化，促进与“外部”妥协。我不会出来的，你必须进来找我。进入我藏匿的子宫花园。我可以在头颅中建造一个宇宙，以抗衡真实。

＊＊＊

她说：“你的眼睛总是黑色的。”瞳孔张开，捉住视觉的对象。

＊＊＊

想象力生于丧失。“友好空间”的丧失。胸部被去除，脸庞承受了它的冷峻、好奇、强势和高深莫测的形象。

＊＊＊

你可以从远方享受生活。你可以观看事物而不必品尝它们。你可以拥抱那位母亲，只需目光。

＊＊＊

你无法碰触这些幻影。

＊＊＊

法式扑克。独自来玩。他一手给自己发牌。把过往的静滞化为无穷的排列组合，再洗牌重来。重新排布那些形象。又再重新排布一遍。这种游戏能揭示真理以及死亡的起源。

世界变成一盘扑克牌戏，看似是无限，但可能是有限的。形象的排列组合，构成世界游戏。

* * *

安达卢西亚母狗。[1] 什么意思？艺术家本人的手切开她的眼球。云层如剃刀砍劈月亮。宇宙的言语。他已经刺穿了肿胀的视觉脓疮。

* * *

一种温柔的占有，在无菌底板上，毫无风险。带着一个不伴有危险的形象。

* * *

迈布里奇[2] 从费城动物公园得出了他那些动物题材，从大学得出了男性表演者。女子是专业艺术家们的模特，也是演员和舞者，她们在四十八台摄影机面前裸体行进。

* * *

---

1 超现实主义者路易斯·布努埃尔的影片《一条安达鲁狗》（*Un chien Andalou*，1928）。

2 迈布里奇（Eadweard Muybridge，1830—1904），美国摄影师，动态摄影先驱，拍摄了奔马等一系列作品，著有《人类与动物运动》（1887）。

电影就是一系列的死图像，它们被人工授精。

＊＊＊

电影观看者是安静的吸血鬼。

＊＊＊

电影是最极权主义的艺术。所有能量和感觉都被吸食到头颅中，大脑膨胀，头颅充血。卡利古拉[1]希望他所有的臣民共用一条颈脖，这样他就能够一刀把整个王国斩首。电影就是这变换媒介。身体只为着眼睛而存在；它变成枯干的瘦茎，支撑着这两颗永不满足的软宝石。

＊＊＊

电影赋予人一种虚假的永恒。

＊＊＊

每一部电影都依赖其他的所有电影，并把你推向其他电影。电影曾是一种新事物，一种科学玩具，直到数量充足的作品累积起来，足以创造一个断断续续的异域世界，一个强大的、无限的神话，让人随时都可以沉浸其中。

1　卡利古拉（Caligula），公元1世纪罗马帝国暴君。

电影具有一种无时间性的幻觉，这源自它们既有规律又不驯服的外表特征。

＊＊＊

电影的吸引力在于对死亡的恐惧。

＊＊＊

现代东方创造了最伟大的影片。电影是一种古老传统——皮影戏的新形式。就连它们的剧场也是对此的模仿。皮影戏诞生于印度或中国，与宗教活动相关，与以火葬死者为核心的丧礼密切联系。

＊＊＊

有些人假设电影属于女性，这是错误的。电影是男性为着安慰男性而创造的产物。

＊＊＊

皮影戏最初只限男性观众欣赏。男子可以从银幕的前后两面观看这些梦幻表演。后来女子也加入进来，她们只允许关注映像。

＊＊＊

男性生殖器是一张张小脸
构成窃贼们和基督们的
三位一体
圣父、圣子和圣灵。
一个鼻子悬在墙上
两只半眯眼睛，忧伤的眼睛，
无嘴，无手，加倍增值着
一个无尽的胜利圆环。

这些枯干而秘密的战利品，曾奋战
在马厩，并在牢笼中盖上戳记，
如今为我们的四壁增光添色
并烧燎着我们的视觉。

一种对空旷处的恐惧
在私下里传播这枚封印。

＊＊＊

基纳斯顿的新娘[1]
不会出场
但是她肉体的气息

1　可能指英国17世纪中期戏剧舞台上著名的男花旦爱德华·基纳斯顿（Edward Kynaston，1640—1706），所以他的新娘不会出场。另外，诗中可能主要是谐音19世纪末活动电影机Kinetoscope，及其夭折的第二代有声机Kinetophone。

也从未飘远。

＊＊＊

一群醉鬼捣毁了设备，当时梅休的艺人正在伊斯灵顿公园表演，被烧着了，连同他的伙伴，还在里边呢。[1]

＊＊＊

1832 年，格罗皮乌斯用他的游船画戏（Pleorama）震惊了巴黎。[2] 观众们化身为激战中舰船上的水手。烈火、惨叫、海员、淹溺。

＊＊＊

有一个爱丁堡艺术家罗伯特·贝克，在欠债入狱的时候，阳光透过牢房的铁栏射进来，照在他正阅读的一封信上，他对这光线效果深有感触，这种认识让他发明了首个回转全景画廊（Panorama），一种

1　19 世纪英国著名记者亨利·梅休（Henry Mayhew，1812—1887），讽刺杂志《潘趣》创办人，底层社会调查者，著有《伦敦劳动者和伦敦贫民》丛书，其中也记录了很多街头艺人的经历，这里所述事件出自《中国皮影戏》一文（The Chinese Shades, *London Labour and the London Poor*, Vol. 3）。另，伊斯林顿公园（Islington Green）位于伦敦上街、下街交汇处，附近有著名的柯林斯音乐厅（毁于 1958 年）和放映独立影片的公园电影院。

2　19 世纪德国舞美设计师、戏剧制作人卡尔·格罗皮乌斯（Karl Wilhelm Gropius，1793—1870），发明了游船画戏（pleorama，出自希腊语 πλέωὄραμα，航船之景），是一种全景式体验观赏装置，观众坐在一艘浮船上观看四周的布景和歌舞表演。1832 年的演出应是在柏林，而非巴黎。

环形的、透明的城市景观图。[1]

这项发明很快又被仿真活画馆（Diorama）取代了，它通过提升空间增加了移动的幻觉。另外还有声响和新奇灯光的效果。达盖尔的伦敦仿真活画剧场至今仍矗立在摄政公园，[2] 有幸保存下来，因为这些表演一直要依赖人造灯光的效果，如电灯或煤气喷灯，而且几乎都是因火灾而结束。

* * *

投影幻境（Phantasmagoria），幻灯秀，各种无实质内容的奇观。它们都是通过声响、熏香、光照和流水而获得完全的感官体验。也许将来我们会到某种天气剧场去回忆下雨的感觉呢。

* * *

电影以两条道路演进。

一是奇观。就像投影幻境，其目的是创造一个完全替代性的感官世界。

另一种是窥淫秀，它声称它的王国既有色情又有真实生活中原汁

1　爱尔兰画家罗伯特·贝克（Robert Barker，1739—1806）于 1787 年注册了 360 度环形图画展示装置专利，命名为 Panorama，在伦敦展览了 70 年之久。

2　银版摄影的发明者达盖尔（Louis-Jacques-Mandé Daguerre，1787—1851），原为舞美设计师。1823 年，伦敦皇家园林摄政公园（Regent's Park）聘请达盖尔团队建造了一个仿真活画剧场，原址仍存，但早已改作他用。

原味的习惯，而且模仿钥匙孔或偷窥窗，并不需要色彩、声响和盛大布景。

＊＊＊

电影发现，它最亲密的伙伴不是绘画、文学或戏剧，而是那些通俗娱乐——漫画、象棋、扑克、塔罗牌、杂志和文身。

＊＊＊

电影并非源自绘画、文学、雕塑、戏剧，而是来自古老的民间法术。它作为一种现代展示，体现了皮影戏的不断发展，对活动图像的喜爱，对魔力的信仰。它的血统与祭司和巫术的最早起源密切相关，即对幽魂的召唤。最初，只需要镜子和火的一点帮助，人们就能从埋在意识深处的地方唤出那些黑暗、隐秘的幽魂。在这些降神会中，影子就是抵御邪祟的精灵。

＊＊＊

观看者是垂死的动物。

＊＊＊

招魂，解痛，驱走死神。每夜如此。

* * *

通过腹语、手势，耍弄道具，以及在空中做出罕见的身体动作，巫师表现出他在“通灵”，并让观众分享这段旅程。

* * *

在降神会上，巫师是主导。通过药物、吟诵、舞蹈，特意唤起一种感官错乱，让巫师投入迷狂。嗓音改变，动作抽搐。他的举动像一个疯子。这些专业化的歇斯底里表现是根据他们的精神病倾向来准确选择的，过去曾令人敬仰。他们在人世和灵界之间传递讯息。他们的精神之旅构成了一个部落的信仰生活的中枢。

* * *

降神会的要义：治病。某种情绪也许会压倒一个人，他们背负着历史事件的重担，或挣扎在险恶环境之中。他们寻求能解脱厄运、死亡、恐惧。寻求神明或超自然力的降临附体，并从附体者那里赢回生命源泉。治病或者防病，让病人康复，重新得回被盗走的东西，灵魂。

* * *

假设艺术需要观看者才得以存在是错误的。影片不用人看也一样放映。观看者离开影片则不能存在。是它确保了他的存在。

* * *

1 月 3 日，尼采在他住所的门口附近看到一个车夫在抽打一匹马。他过去抱住那牲口的脖子，泪如泉涌，标志着他发疯的最初阶段。

他读书时就曾故意感染梅毒——在立式钢琴上演奏瓦格纳给妓女们听——后来一辈子携带乱七八糟的病菌。当他最终对用语言表现他的整个思想世界感到绝望时，他就让那些伟力扫荡自己，在他的头脑中爆炸。

但这些不会早于他的哲学被冠以那象征性的最后一幕——他哲学的终结篇章——并与那行动和牲口永久地结婚。

* * *

临场即兴剧／事件，当乙醚从通风口灌给满屋子的人，这种化学物质就成了一个演员。它的中介，或注入者，就是一个艺术家、导演，创造了一场表演来证明自己。人们认为自己是观众，同时他们又互相表演对方，而乙醚则以人类身体为媒介来表现它自己的诗歌。这种状态近乎酒神狂欢心理，同时又还保持在游戏领域及其无限的排列组合之内。

即兴剧的目的是治愈无聊，洗眼睛，让生活的溪流与童真重新连接。它最低、最宽泛的目的是净化感知。即兴剧试图吸引所有感官，乃至全部身体，并赢得全部回应，不像那些传统艺术形式只专注于更狭隘的知觉入口。

* * *

多元媒体始终都是悲伤的喜剧。它们的效果就像一种花样迭出的组合疗法，演员和观众糟糕透顶的交配，相互间的类手淫活动。表演者似乎需要有他们的听众和观众——在奇人秀或滑稽戏中，观众也会找到同样温和的刺激感，而在墨西哥妓院里则更美妙、更彻底了。

* * *

作为初学者，我们观察蚕虫在多汁的叶片里兴奋地蠕动身体，然后用毛和皮来编织潮湿的巢。

这是我们的液体安息世界的一个模型
消解骨骼、融化脊髓
并大大地敞开毛孔像窗户一样。

* * *

在古代社群中“陌生人”被视为最大威胁。

* * *

“蜕变”。一个客体被切断它的名字、习性和所有的关联。它被脱离了，成为仅仅如其所是的事物。当它最终消解为纯粹的存在，该客体就可以自由地成为任何东西。

* * *

主体说：“我先是看见许多的东西在跳舞……然后这一切东西逐渐联系起来。”

* * *

客体之存在一如干净的眼睛和摄影机将它呈现给我们之时。不曾被“看见”篡改。

* * *

那时还没有出现客体。

* * *

早期电影人，就像炼金术士，喜欢对他们的技艺保持一种刻意的神秘，以免凡俗看客得知他们的技巧。

* * *

分离，净化，重组。这正是伟大艺术的原则，它的继承者，电影，同样如此。

* * *

摄影机是雌雄同体的机器，一种机器化的两性合体物。

* * *

在蒸馏器中炼金术士重复着大自然的工作。

* * *

很少有人会为炼金术是“化学之母”的偏狭之见作辩护，并把它的真正目标跟那些外在的金属工艺相混淆。炼金术是一种色情科学，涉及被掩藏的真实方面，目的是净化和转化所有的存在和事实。这并不是说物质的运作就彻底被抛弃。大师对无论神秘学还是物理学的原理都是要掌握的。

* * *

炼金术士从男子的性行为中揭示了它与世界之创造、与植物生长、与矿物形成之间的某种一致性。当他们看到雨水与土地的结合，他们便从色情意义上，视之为交媾。而这又延伸到一切物质的自然领域。因为他们可以想象出化学元素与星辰的恋爱，岩石的罗曼史，或火焰的生殖力。

＊＊＊

炼金术士从似乎不可能的存在秩序中认识到奇特、丰富的一致性。在人与行星之间，植物与手势之间，词语与气候之间。这种种凌乱不堪的联系：婴儿的啼哭和丝绸拂掠；耳朵的蜗旋和院子里一群狗的出现；一个女子在瞌睡时低垂的脑袋和食人族的清晨舞蹈；这些物体、声响、活动、色彩、武器、伤口和气味的并置，以一种前所未闻的方式、毫无可能的方式大放异彩。

电影不是别的，无非是对这条存在链环的一个阐明，就像肉里扎进一根针就招来某国首都的大轰炸。

＊＊＊

电影把我们带回心灵，带回对物质的信仰，它将它特殊的圣洁赐予每一样事物，并在所有事物和存在中看见众神。

电影，炼金术的继承者，色情科学的延续。

＊＊＊

围绕着肉体皇帝。
巴厘巴厘的舞者们
不会去破坏我的庙宇。

探险队

把眼睛吮进脑袋。

红扑扑的肉体跨过
流动的秘密
控制着它的流动。

摔跤手
以肉体重量舞蹈
而音乐，摹拟，肉体。

游泳者
逗乐着胚胎
甜蜜、危险、冲撞的流动。

* * *

“主宰者”。事件的发生超出了我们的知识或控制范围。我们的生活是为我们自己而生活。我们只能试图去奴役他人。但渐渐地，各种特殊认识发展起来。“主宰者”的概念正开始在某些人的头脑里成形。我们应该将他们征召到感知者的队伍，在他们神秘的夜间状态时去周游迷宫。主宰者有秘密入口，而且他们懂得伪装。但他们以不经意的方式把实情泄露。如太多闪烁不定的眼神。错误的手势。太长久、太好奇的瞥视。

主宰者用形象取悦我们。他们给我们书籍、音乐会、画廊、戏剧和电影。尤其是电影。他们通过艺术让我们迷茫，让我们看不见我们的奴役状态。艺术装扮着我们监牢的四壁，让我们保持沉默、分心和漠然。

＊＊＊

迟钝的狮子趴在岸边。
宇宙跪在泥潭里
好奇地看着它自己
在人类意识之镜中
那不加掩饰的衰朽姿态。

人迹空无又繁庶的镜，
对任何探视都被动吸收
但只保留它自己的兴趣。

通往另一界的大门，
灵魂自由自在地跨过。
在新死者的屋里
把镜子都变成墙壁。

美国祈祷文

一

你可知道星空之下的
　　　　温热进程？
你可知道我们存在？
你是否遗忘了打开王国的
　那串钥匙？
你是否已经诞生了
　　　　你是否活着？

让我们再造众神，各个时代的
　　　　　所有传奇
高举那些来自古老密林的象征符号
（你是否遗忘了古代战争的
　　　　　那些教训？）

我们需要金色的盛大交欢

父亲们在森林的树丛里唠叨
我们的妈妈在海里死去

你可知道我们正被沉着的舰队司令们[1]
　　率领去屠杀
还有那些肥胖迟钝的将军
　　正对年轻新兵起淫欲

你可知道我们是被电视统治的
月亮是一头放干血的野兽
游击队只是门牌号码
　　在相邻的绿藤街区
集结去攻打那些濒临灭亡的
　　天真牧民

哦，伟大的造物主
再赐予我们一个小时
　　来表现我们的艺术
　　来完善我们的生活

那些飞蛾和无神论者有双重的圣洁
　　和短命
我们活着，我们死去

1　吉姆的父亲时任美国海军少将，“汉考克”航母编队司令，是越战和朝韩冷战的重要将领。

而死亡并非结束
旅途中我们越来越
　　深入噩梦

拥抱生命
　　我们的激情之花
拥抱那些绝望的
　　阴道和阴茎
我们看到我们的终局
　　砰然降临
哥伦布的下体
　　　　　充满了绿色死亡[1]

　　　　　（我微笑着抚摸她的大腿
　　而死神在微笑）

我们已聚集在这座古老
　　癫狂的剧场里边
来繁殖我们对生活的欲望
　　逃离街道上挤挤攘攘的
　　　　　　那些智慧

谷仓被风暴肆虐

1 绿色死亡（green death）可能指毒蘑菇，或一种用来测试金属抗腐蚀度的复合酸液。

所有窗户关闭
只剩下一个还在
舞蹈，拯救我们[1]
以圣洁又滑稽的
　　言辞

音乐点燃性情

（当真正的国王凶犯们[2]
　获准到处漫游
　　一个千人法师团
　　　在大地上兴起）

应许给我们的
盛宴都在何处
哪里有葡萄酒
新的葡萄酒
　　（枯死在藤上）

定居者的戏仿嘲笑
给我们一个小时魔幻

1　谷仓舞会（barn dance）是美国乡间的传统社交活动。

2　可能戏指莎士比亚时代著名的国王剧团（King's Men），1642 年英国内战时清教徒查禁戏院，遣散剧团。

我们有紫色手套
我们有椋鸟飞行
　　　和丝绒良辰
我们有阿拉伯的欢乐种族
我们有日光穹顶和夜晚

给我们一条教义
就是相信
一个欲望之夜
让我们信赖
夜晚

给我和你
千变万化的
丰富色彩
一个华丽的曼荼罗[1]

给你丝绸
铺垫的房子
一个脑袋，智慧
和一张床

1　曼荼罗（mandala），佛教坛场，梵语本义指圆环，轮圆具足或“聚集”的宇宙象征，常用富丽的圆形图案表示。

恼人的法令
定居者的的戏仿嘲笑
已占据了你

我们曾经相信
在美好的旧日里
我们仍能获得
一点点途径

仁慈的事物
和不动的眉头
遗忘与允准

你可知道自由存在于
　　一本教科书上
你可知道疯子们在
　　管理我们的监狱
在牢房，在囚室
在一个白人自由新教徒的
大漩涡之中

我们头朝下高高挂在
　　烦躁无聊的边缘
我们在蜡烛的尽头

　　正走向死亡
我们在寻求某种东西
　　而它早已发现我们

我们可以开创我们自己的王国
紫色大宝座，一排排欲望坐席
而我们必须爱，在锈蚀的床上

钢铁大门紧锁着囚徒的尖叫
背景音乐，广播，摇撼他们的美梦
黑人的骄傲不能够抬起秤杆
而戏仿的天使们筛查类似东西

做一张废旧杂志的拼图
在信任之墙的前额上刻划
这就是监牢，关押那些必须
在清晨起床并为此奋斗的人

不合用的标准
当哭泣的少女们
炫耀贫穷并噘嘴
胡说着一个疯狂的
职员
啊，我厌倦了怀疑

生活在南方
确定无疑的阳光下

残酷的捆绑
仆役们拥有权力
狗主人和他们的卑鄙老婆
扯起可怜的毯子盖上
我们的水手
（而我们挨饿吃苦时
　　　　　你又在哪里）

给你的胡子挤奶？
还是碾压一朵花？
我厌倦了那些阴沉面孔
在电视塔上盯着我
我想在我的花园凉亭里
种玫瑰；懂吗？

皇家宝贝，红宝石
现在必须取代烂泥中
失败的怪东西
这些变种只能作血餐
供养已培育的植株
他们正等着把我们领进

那遗世的花园
你可知道那是多么惊骇、荒唐又欣奋
当死亡在一个奇怪时刻到来
未经通报，毫无计划
就像一个受惊的过分友善的客人
已经被你带上了床

死亡让我们全都成为天使
它赐我们双翼
在我们原先长肩胛的地方
顺滑如同乌鸦的
爪子

不再有金钱，不再有华服
这个别样的王国似是最好
直到在闲谈中泄露了乱伦
疏于遵守植物的法律

我不会去的
宁肯去一场友人的盛宴
也不要去那豪门望族

二

基督大声尖叫
起来啰宝贝
懒婆娘玛丽你在星期天早晨
能不能起床呀

“电影将在五秒钟后开始”
无心之音在宣告
“没有座位的人，请等待
下次放映”

我们缓慢而倦怠地排队
进入大厅。观众席
浩瀚，而又沉寂。
当我们坐下就熄灯了

那声音继续说：

“今天晚上的节目
不是新的。你们已经无数遍
看过了这场表演。
你们已看过你们的诞生，你们的
生活和死亡；你们可以回想一下

其他事情——（当你们死后
会不会拥有一个美好
世界？）——足够编成
一部电影吗？”

一阵钢铁窃笑声像拳头
捶打我们的思维。

我要离开这里
你想去哪儿?
去早晨的另一面
请不要追逐那些云彩
宝塔、庙宇

她的阴道紧紧握着他
像一只温暖友善的
手。

“别多想了。
你的朋友们都在这里。”

我什么时候才能见他们?
“在你吃饱之后”
我又不饿

“哦，我们的意思是被暴揍”

银光闪耀，银铃尖啸，
难以置信的专注

喜剧团上场
瞧他们的笑容
看他们的舞蹈
一段印第安长路

瞧瞧他们的手势
多么沉稳
就那样向所有人致意

话语会掩藏
话语很活跃
话语就像一根根手杖

种植它们
它们就会生长
看着它们摇曳多姿

我要永远做一个
话语人

总好过鸟人[1]

但我会收费
绝不白送
一块钱也不借

还要我再讲一遍吗
大声说，你说到点子上了
没有燃料采集就没有食物

我也会，爱尔兰人叫道
在位居权力高峰时
解开我的利嘴

哦，小妞，解开
你忧愁的发髻吧

哦，忧愁的思绪

罪恶就在百叶窗外
堕落的荒林里

她在我的新衣领上

1　鸟人（birdman）常指飞行员。作者父亲是海军飞官出身的航母舰队司令。

嗅到了欠债

傲慢的散文
被捆在一个快搜之网
因而痴迷不悟

它的敏于接纳
快速借用了旋律
女人来到他们之间

全世界女人联合起来
让世界更安全
过上可耻的生活

嘻嘻嘻
割你的咽喉
生活是一个玩笑

你的妻子在壕沟
同一条船头
山羊出场了

血啊血啊血啊血啊
他们正对我们的宇宙

开一个玩笑

三

火柴盒
难道你比我更真实
我会烧掉你，并给你自由
淌着苦涩的眼泪
太客气了
我不会忘记的

四

热臭的熔岩翻涌，
沙沙作响，汩汩冒泡。
蠢货从他的鲜花里摘出
他的头脑，称为
知更鸟多伊。努力进取的
漂亮元帅。思想掉落钻石。
你不会知道等级——如果它掉在
你的屁股上。真的。旅馆
游泳池。

垃圾堆翘起的屁股。纸皮脸。
镜子面具。我爱你镜子。
威尼斯盲人。地中海
老妪。钓鳟鱼。用来做
午餐。
池水
指数（安乐椅，铝制的
杆子，棕色，橙子风味高尔夫球）
在得克萨斯绿地敲中他的脑袋
　　　　　“你想干架”
硬手套，值得恶棍斗殴清扫
一场大胜

他已经过四小时的洗脑。
中尉又再次困惑
“准备好谈话了吗”
“没呢阁下”——他就说了这些。
　　回到体育馆。
　　很平和的
　　冥想

阵雨（应时而来）
沙漠中的一座兵站
远看威尼斯盲人

一架飞机
一朵沙漠之花
电影空军基地
清凉的卡通

世界其他地区
旅行证实
是玩命，是危险
看看那些妓院卡通片
男人电影

船已离港
探险

五

一艘船离港
劣马有另一张票
欲望的如愿骨[1]
谴责金属狐狸

1 如愿骨（wishbone），禽鸟的叉形胸骨，据说两人一起扯的话，得长段者如愿以偿。

洛杉矶颂

——悼念布莱恩·琼斯[1]

我是一个城里人
大家都爱叫我去扮演
丹麦王子

可怜的奥菲莉亚[2]

他从未见过的那些鬼魂
在一支铁蜡烛上
朝厄运漂去

回来吧，勇敢的战士
到另一条河道
去玩跳水

1　布莱恩·琼斯（Brian Jones, 1942—1969），英国天才吉他手，“滚石”乐队创建者之一，1969 年 7 月 3 日在自家游泳池里溺亡。

2　在莎剧中，奥菲莉亚是丹麦王子哈姆雷特的爱人，殉情溺水而死。

热奶油池子
就在马拉喀什[1]
飞流奔腾的
瀑布之下
每日午后
野蛮人在那里放出
一群节奏妖魔

你已经任由你的
虚无
去对抗
沉默

我希望你走出去
笑眯眯地
像孩子
进入一个迷梦
遗留的清凉

天使之人
用他的手掌
和指头
去和毒蛇抗争

1 马拉喀什（Marrakech），摩洛哥名城，位于阿特拉斯山下。

最终夺走了
这个仁慈的
灵魂

奥菲莉亚

树叶，湿透的
绸缎

氯气
迷梦
疯狂窒息了
见证

跳水板，纵身跃入
池中

你是一个斗士
玫瑰色麝香味缪斯

你是漂白的
太阳
照在下午电视

角蛙
一个黄斑的特立独行者

现在瞧瞧进展到何处
你

在肉食天堂
跟食人族
和犹太人一起

那位园丁
发现
尸体，奔放，漂浮

幸运的死鬼
这是什么浅绿色的东西
把你制成

挑剔女神的
皮肤

他会发臭吗
通过一座座
音乐厅

在运往天堂路上

没有机会。

给大块头的安魂曲

那微笑
那肥猪酒色之徒的
媚眼
已向上跃起

成为沃土

美国之夜

欢迎来到美国之夜

欢迎来到美国之夜
这里狗咬狗
以求发言
　　脸面、好命和名气
以求被这黑夜
　　驯服
乘上那安静柔软豪华的
　　　　　　　　汽车
想搭便车的人排满了大公路

恐　惧

永恒的意识
　　在空无中

（使得这场审讯和监牢看似近乎
友善）

风暴中的一个吻

（疯子在轮下
枪在脖子上
空间繁庶而拱廊
冷清）

一座谷仓
一间阁楼小屋

你自己的脸
一动不动
在窗户的镜面中

卫生间的恐惧
凄惨冰冷的
霓虹

我冻住了

牲畜死亡

白色翅膀的
兔子

灰丝绒的鹿

峡 谷

汽车是一架小艇
在恶劣的
空间

短暂的金黄火花
在锃亮的汽车身后
无法无天的星辰

猛然运动

而你的过往
会在无精打采的
夜晚
温暖你

孤独的公路

冷冷的徒步者

害怕狼群
和他自己的
影子

夏延族

夏延族在丹佛
（来到丹佛）

夏延族你的荣光
　　像黄金之城

（有那样的内在光明吗？）

你看着我的眼睛吧
你会平安无事的

十字路口

十字路口

一个幽灵聚居的地方
它们在旅行者耳中
喃喃地低语着
让人关心自己的命运

搭便车者祝酒。

——我再次召唤黑暗中
　　隐藏的血脉众神

——你为何召唤我们?
　　你知道我们的代价。
　　那是从不改变的。
　　你的死亡将会赋予
　　你生命并解放你
　　摆脱厄运。但是
　　时间已晚了呀。

——希望我还能再次
　　见到你们并跟你们
　　说说话，走一走，
　　与你们同行一段路，
　　并想以此醉人的浓酒
　　请求与你们交谈……

——要拯救一个早已毁坏的
灵魂。就是要获准死缓。
要在一次海盗抢劫中
掠夺新鲜的黄金
并把它带回营地
献给荣耀的元老。

——就像斗篷侠面对
剧毒角杯并饮下了
鲜红的胜利酒。士兵
也这样对待战利品——
一个洞穿的头盔。而且
攀悬崖的人战战兢兢
但内心保持优雅。

——（大笑）说得是。那么
你会嘲弄你自己吗？

——不会

——很快我们的说话声就必须
合而为一，不然一方
就必须离开了。

森林硬檀木

森林硬檀木
燃烧几何形手指
围着火堆
在那些乌黑书中阅读
历史，炭化词句
与明艳修辞相抗辩

火焰之树
阁下，我们曾在伊甸园相逢
那时候
我们经历了一段困苦，
晚上在叶丛的窸窣声里
一个狙击手瞄准我们的窗户
一只小猫在强冷空气中
咪咪叫

我必须去看看

——你已经找到了你的声音，[1]
　　朋友，不管其他的怎样

1　声音（Voice），在美国当代文学行话中指某个作者自己独特的语言风格、题材内容、生涯定位等，写作班导师常叮嘱初学者，“要找到你的声音”。

我立刻就能认出这是
一个诗人的
强烈而确定的语调。
你说的问题是不是关于
寻找或扼杀?
我很好奇
我们从没交谈过
但欢迎你，过来吧
到篝火这儿来
分享我们的美餐
跟我们说说你的生活
和困惑

——首先我尖叫着
我又成了一个小孩
活蹦乱跳，平安无事
一直到五岁

然后年年夏天和赛马场
我寻觅一个姑娘
在新墨西哥州的酒吧间
然后找进了监狱
有个妓女在牢房里
向外张望，看到

一面麻风病的墙上
涂着“操蛋上帝”

——真喜欢听你闲聊，孩子
宣教团的种马。
但是后来呢?
每天下午
放纵的狂飙

——我是搭上别人的车
然后通宵飞驰

——你都见过什么建筑?

——我什么……我在做什么吗?
我们疯狂跳舞。
这让她开心。
我不记得了。

——木材在熔化
火将熄灭。
我们必须要离开了。
下一次献祭
我们再听你说

（幕间音乐）

树林
一系列死亡
美国之夜
我们在这个冬季
完成了十八方的木材

——他跟我讲了许多美妙的故事
　　还有最美妙的幻想
　　他是一个真正的虔诚人
　　　　始终如一

——你知道，我喜欢你们这些
　　该死的家伙！

（我看见这只猫在夜里
　　从海洋之中跑出来，
　　然后射进一个火堆）

　　我准备去墨西哥
　　到我听说的这个边境
　　小镇然后我打算给自己
　　买一个姑娘再带她

回到这儿来娶她，是
真的。这家伙对我说。
他的一个朋友认识某人

——你说够了

迈阿密早晨

我能给她念什么，
我能给她念什么？
在一个星期天的早晨

我能做些什么才可以
设法更接近她
在一个星期天的早晨

我要给她念新闻
印第安战争
全是短刀骑兵，鲜血
和污血
安抚人又有魅力的故事
以及更多
在一个星期天的早晨

鲜艳旗帜

黎明的大公路
绵延到沉睡
从她贪婪的手掌倾泻
一片海滩，让人徘徊

踌躇又疑惑
飞快地安顿下来

哦，维京人，你们的妇女
无法把你们救出
那艘大船

时间已将你们夺走
时间正朝你们而来

形　式

形式是大地上空的
一架飞机。士兵跳伞
而出，任由自己的肚肠
震荡翻腾。一把子

捞下去，大风接生婆，我被世界
从她丰饶的腹中
硬生生拽出，我的金属母亲，
开伞索，向下、冻结。
跟着领航员，他是飞机的
眼睛。“黑夜的巨目”；
上帝在挡风玻璃上，
狂风呼啸，紧接着
涡轮尖叫。

　　（而后躲在女人堆里
　　　像一只没牙的鸟）

被空气烧灼
被强光烧毁
在这

　　　　（枪声）

天哪
他中枪了
红字大新闻
　　（目击人群中
　　　嘶哑沉默混乱）

演员必须要让我们认为
他们是真实的
我们的朋友则必须
不能让我们认为我们在演戏

不过，他们没有
校正钟点

而我的狂野话语
迅速熔合

并随时冒着
失去坚实根基的危险

更加怪异，而且
还要更疯狂

探测高原

美国之夜

因皮革滋生
　　街道的奇迹

气味、雾霾以及
　　存在者的花粉

锃亮的漆黑
　　全然地裸露，她是
　　全然无牵挂的

（灯光现在开启
　　我们四处打量
　　　看见我们这群
　　　旅行者）

遥远的阿尔丁[1]

讯　号

在那年
我们迎来了一波从天而降的
　　　　　　强烈能量

　　　　　　　遥远的阿尔丁
　　　　　　　　　讯号
　　　　　　　（唤他们回家）

当电台在漆黑夜里播送
并夺取控制权，而我们摇摆在它的网中
静静耗竭，恐惧地敲打
我们被远远地拖出
一个深睡眠，而在天明时

1　阿尔丁（Arden），可能指加利福利亚北部一个城镇，在英语文学中一般指英格兰中部的一片古老大森林，莎士比亚戏剧曾出现过，或谐音 Eden（伊甸园）。

被焦虑的看守唤醒
带我们穿过露水湿透的
丛林去快速登顶，俯瞰
大海……

一片璀璨的广阔沙滩
和珠光莹莹的清凉月亮。
赤裸的情侣
在它安静的一面奔跑
而我们大笑，
就像温柔、疯狂的孩子
炫耀着塞满毛絮的幼儿头脑。

音乐和话语声
围绕我们四周。

选吧，他们吟唱
古老的歌谣
时间又再重来
现在选吧，他们吟唱
月光之下
古老湖畔的歌谣

重新进入美好的森林

进入火热的梦，跟着我们
一切都暂停
跳起舞蹈

（西弗吉尼亚山地音乐
小提琴）

月光之夜
山村
癫狂在林中
　　深深的树丛中

月光之下
星空下
他们旋转、舞蹈

年轻的人们
被国王和王后
带到湖边

哦，我也想去那里
我想让我们都在那里
湖水之滨
月光之下

清凉、浮胀
滴着它的滚烫
液体

嘶——嘶——嘶——

湖边的冰冻瞬间
一把刀子被偷掉了
毒蛇之死

我知道那不可能的海
　　在狗吠之时

我是一只死亡鸟
　　调皮的夜鸟

猛　禽

猛禽，猛禽
高飞，高飞
在夏季的天空

猛禽，猛禽

高飞，高飞，
悠悠地飘过

猛禽，猛禽
高飞，高飞
我快要死了吗

猛禽，猛禽
高飞，高飞
把我带上你的旅程

瀑布底下

瀑布底下，瀑布底下
姑娘们从夏季舞场返回
我们偷走那只察看我们的眼睛吧

告诉他们你来了并看见了
盯着我的眼睛
看见守卫的影子
渐渐模糊

思想及时却不当季

搭便车的人站在路旁
平举大拇指
以理智平静地运算

（一辆汽车开过）

为什么我的头脑围着你转
为什么行星都想知道
你到底会像什么样子

你所有温柔疯狂的诺言都是词语
鸟群，无穷无尽的飞行

你的狗仍迷失在冰冻的林中
或许它会回到你身边
它要怎样才能回到你身边
病恹恹地在雪地上奔突

它仍到处在大门嗅寻并在陌生人
身上找你的气味
那是它记得很清楚的

你的窗口是否有一个月亮
在疯狂大笑

你还能不能跑到海滩
那些基岩底下却不带它?

冬季照片

冬季照片
我们的爱处于危险境地
冬季照片
我们的爱处于危险境地

一整夜坐着，说话抽烟
数着死者并等待天明

（那些温暖的名字和面容会再出现吗?
银色的森林是否到了尽头？）

橘郡组曲

啊我曾经认识一个好人儿
她用橘色丝带系着头发
她真是迷人
她很少在那里

但是我爱她
从不改变。

我们的窗户里下着雨
调频广播难听得很
但她会说话，是的，
我们学着交谈

就这样
一年过去了

要走很长很长的路才找到它
我们所做的都在破坏和折磨它
我们曾拥有它
像所有的情人那样
我们把它毁了
而我现在不伤心

啊我是疯了

我是糟透了

就这样
两年过去

现在她的世界是亮橘色
而且火光炽热
她的朋友生了一个宝宝
她跟我们住在一起
是啊，我们打碎过窗户
是啊，我们敲过了门
她的电话不会接听，
是啊，但是她一直在家

现在她爸爸已经去世
而她妹妹是一颗明星了
而她妈妈抽钻石香烟
而她睡在屋外的汽车里

是啊，但她记得芝加哥
那些乐手和吉他
还有湖边的草丛
还有欢笑的人们
让她脆弱的心痛楚

现在我们生活在山谷里
我们在农场劳作
我们爬到高山顶上
一切如此美好

而我仍旧在这里
而你仍旧在那里
而我们仍旧在附近

威士忌与神秘与人

来，我要跟你们讲一个威士忌与神秘与人的故事
还有那些虔信徒，还有整个事情是怎样开始的

先是女人和孩子们服从了月亮
后来日光很快就带来智慧、狂热和疾病

你可以尽量提醒我
　　而不是别人
　　　　你可以

你可以帮忙担保
　　我们都不放心我们的指挥部

如果你不愿意听
　　我也不会试图告诉你
　　　　新的手段

因为那样你就无法看到
　　在乐队里我们全都有
　　　　我们的结局

如果所有宣扬财富的
　　教师和传道士
　　　　都被控告

我们就可以清楚看到一个未来
对于我是建在名副其实的沙滩

如果所有的人
　　都能来要求审查
　　　　这样的遗憾

那我们就不会有宽恕
　　遗忘虔诚的
　　　　懊悔

所以我告诉你
　　我告诉你
　　　　我告诉你

我们必须派人出去

我们必须努力寻找一个新的
　　答案而非一种方式

士兵妻子的信

我要告诉你
那条丝绸手绢是
中国或日本的刺绣
在钢幕背后，而且
如果没有相应的国书
谁也不能越过边境。
也就是说我们都
能感觉并偶尔悲哀
而如果犯罪的每一个同伙
都能把诺言包含在他的
计划之中那么舞蹈
就该结束而我们所有的朋友
也会跟随的。

谁是我们的朋友呢？

他们阴郁又迟钝吗？或者
他们有没有强烈欲望？或者

他们是不是身处那些迟疑地行走在
他们的不可能懊悔之路上的
大多数人之中。事情确实在发生
而一再重复着连续的诺言；
我们所有人都找到了一个安全
壁橱，在那里储藏我们的
财富并跟伙伴们谈论
同样的灾难前提。

但这是不会做的。不，这是
从来不会做的。还有那些
大陆和海滩它们
在乞求我们的理解。
我们很少会那么迟钝。
我们很少会那么疏远。

我唯一的愿望就是再看看
遥远的阿尔丁。

真相就在他的胸口上
细胞的亢奋已经
彻底激发了我们的魔幻
老兵。现在就走一趟
旧路吧。我已厌倦了思考。

我想让那些古老的形式
再次表明他们性感的冷静。
我的想法合理——你懂的。
今天早晨在我收笔
之前我还想跟你说说
得克萨斯电台和大节拍的事情。[1]
它已经移动，进入了你的
圣洁虔诚和献身微笑的
界线，就像一场通灵之战的
平静幸存者。他并不
寻常因为他不老。
他并不属于私有因为他
是不能被出售的。

他只是一个男人而他的
奉献已扩展到极限
程度。可怜的自命不凡的士兵，
回家吧。黑暗的洛杉矶
傍晚在蒸腾我们参拜过的
那座教堂而我思念
我的男孩。愚蠢的绿衣——
什么颜色的绿来着？在我
看电视的时候我看见

1 大节拍（Big Beat），摇滚乐的一种强打击节奏风格。

直升飞机呼旋着它们
残暴而慷慨的知觉
在田野和漫画围墙的上空
我只能微笑并准备晚餐
而心里想着孩子他
总有一天属于你。

最后，亲爱的，请允许
我重复说：你的家仍旧在
这里，不可侵犯又确凿无疑
而我张开大大的笑脸
面对我的回忆。这是给你的
周年礼物，以纪念我们的
初夜。我知道你喜欢我
这样说话的方式。我希望
别人不要看见这封信。
写于宁静又孤独
遥远而倦怠的夏日午后
以我全部的爱

巴黎笔记

已经忘掉了许多
忘掉了许多
要忘掉许多

一旦纯洁观念
生起，所有都失去
无可挽回

黑人音乐家
在山上的房子里

骷髅在壁橱里

抱歉。不是说你。

一个老头，某人的
　　　　　　女儿

站起身来

看见我们仍在屋里
还有跑调的钢琴和蹩脚的
绘画

他没去上班
新妻子到来了

* * *

（圣母院的烛光森林）

乞丐修女带着感人的
微笑，小丝绒包包
和僵硬症眼睛

迷失在俗艳的
马赛克月份牌
窗户

我这样写
　　是想抓住你

给我你的爱，你的
疲惫眼睛，为分娩而
忧伤

一个小小的、未被发现的
花园——我们漫步

海报上叫嚷
安全叛乱

而疲惫的墙光秃秃
塌落，涂鸦化为
干水泥沙子

一个喂食过多的真空
沙漏

＊＊＊

我记得那些高速路上

夏季，和你一起
海洋——兄弟

穿过风暴

夜里的电火

“大雨，夜晚，凄惨——
那些货车的后座”

赶紧呀！旺达，
陷入沼泽的
胖女人

我们仍需要你

赶紧摇起你圆嘟嘟的
大腿，在那个
南方的帐篷里面

那又怎样。

真够狂野
她赤裸起身并穿上
她的衣服

* * *

一个老旧廉价的旅馆
大厅里有些流浪汉
优雅的流浪汉们满足于
贫穷

大街对面，一家
著名的台球馆
演员们聚会的地方

垮掉乐手
垮掉诗人和垮掉
流浪者们
从前的老巢

按禅宗传统
从中国到
地铁
　　要四段轻松人生

按照警方的命令
他哭泣着，离开他的窝
而家具都被拖走了
包括所有唱片和
纪念品，而记者们

计算眼泪和
对新闻界的诅咒:

“我希望那些中国毒鬼
来抓你们”

* * *

而他们会
为罂粟
统治世界

那英俊文雅的
花儿

甜心比利!

你还记不记得
那条蛇
你的爱人

在翻滚的草丛
沙子和仙人掌中
柔嫩嫩的

是的。

我还记得
那晚上
猎枪的星火

吃小猫咪
直到思维
腾空

它滚动吗，上帝

在波斯之夜？

* * *

“峡谷中
有一座宫殿
那是你和我
诞生之地

现在我孤独一人
让我回到
乐园吧

大峡谷的
蓝色幽影
我曾见过你们
而现在你们已远去

而现在我的梦也远去
让我回到你们的乐园吧

一个人在搜寻
失去的乐园
在那些从不曾
寻找其他世界的人看来
也许就像一个傻瓜

朋友们在那里躺着、漂着
疯疯癫癫地
在他们自己的私家花园”

* * *

门户大开
而纸糊的墙
哆嗦

一头怪兽降临
在镜子里
独自
嘲弄这个房间
和它的傻瓜

给我些歌曲
来唱
给我翡翠的梦
来梦吧

而我会给你爱情
袒露的

太阳

在水下，它
立刻变得陌生
而熟悉

那个黑男孩是
从船上来的，有鳍和面罩，

鼻孔流出液体

水晶血
当它们涌上表面

涌动并迅速地流进
它们的潮湿世界

* * *

下边是一个王国
沉沙帝国
是的，五彩斑斓的
鱼群
　——它们最后一批
　　　　　　　　离开
快乐的大海

我吃掉你
避开你多言多语的
骨头

而后吐出珍珠

当棍棒打中
她的侧身

小姑娘发出
惊讶的小叫喊

我在那里
电话亭中的
火堆旁

我看见他们冲锋
又听到印第安人的
战斗呐喊

感觉到惧怕飞行的
肾上腺素

恐怖的振奋
在火爆的战场热血中
酣畅大醉

* * *

我们赤条条而来
我们伤痕累累而去
赤裸的糕饼
给地下

那些迟钝柔软的蠕虫

这是我的诗
献给你
伟大的流动新奇的繁花野兽

伟大的地狱芬芳废人

伟大的良性疾病
和夏季瘟疫

伟大的天杀王八蛋
操娘死变态

你撒谎，你欺骗，
你偷窃，你杀人

你贪婪
你喝下南方的
疯狂泔水

你死得彻底又孤独

搞脏了你的吊带

在你的裤衩里
有某个新人

那人会是谁呢?

＊＊＊

你知道

你知道的
比你泄露的还要多

比你叛卖的要多得多

伟大的黏湿天使婊子
你已经对我很好了
你真的已经
对我好得不能再好

告诉他们你来了并看见了
盯着我的眼睛
看见守卫的影子
渐渐模糊

思想及时却不当季
搭便车的人站在路旁
平举大拇指
以理智平静地运算

其他笔记本

牙买加

饿狼时刻
已结束。雄鸡
啼鸣。世界又重新
建起来，在黑暗中
奋力。

小孩子屈服于梦
魇，而大男人
恐惧着他的恐惧。

我必须离开这座岛了，
奋力在黑暗中
求得诞生。

恐惧这美好幽深的黑

美国之夜。
蒙福的夜。

潮水已退去
电影恐慌而那辆
私家豪车一路
驶过郊区

打扮怪异的狂野人群
站在公路旁

有些男人穿着
罩衫或短裙。
女人在门廊上
摆出了她们戏仿
古典的姿势。

司机盯着车辆
而车指导着自己。隧道
一路在头顶咔哧咔哧。

爱恋这幽深碧绿阴郁的
美国之夜

爱恋那些被恐吓的街角，
对林中藤蔓战战兢兢。

这有多好啊
而数量真多啊。

少校的皮靴还留在
他放置的地方。

伪种植园。

定期印行——白与黑的
拳击赛。

一场黑人舞蹈

校长捂着鼻子。
“那边有一头死牛。我想知道
为什么他们还不找人来
把它弄走？”

一只秃鹫飘飞而过，
又是一只。它利爪般的
红钩嘴白尖尖

显得发白，就像肉。
迅捷忧伤倦怠的
影子。

猫喝着小猫
舔着一个恶臭的
翠绿游泳池。

（疯癫情侣在夜里出门。）

美利坚，我迷上了你的
冷白色霓虹胸乳，像蛇一样
吸吮直到天明，我
被人拖回家
你的儿子被流放
在那觉醒之地
你还沉湎于什么迷梦
融进这早晨之中？

“我晕晕乎乎”

一个斑点，一块暗礁，就在
儿童房的门背后，远离
主卧室——

“那些都是大人的。”

床铺隐现就像白色
葬礼蝴蝶闯进了
房间另一头，
悬着渔网和船帆。

“我们是逃犯。”

“那是什么教堂？”
“上帝的教堂。”
白色香蕉，白色手鼓

——在水面行走——

“按传统风格，我们
给他们一个良好的政治
背面”——（大笑）

“迫害”

一只青蛙在路上
孩子们在教堂
鼓声

太阳——太阳
像死亡躺倒
在后座上
复活。

一家妓院。
约翰老爷和安娜夫人的产业。
红血蓝血。
女王的胸乳。
那是小公主吗?

金色的血，就像我，他说，
在把账单重新叠整齐，
女王的耳朵——赤裸的
棒子戳进她的后面。

哈哈，哈哈。

跟土耳其兀鹫相比
你并不更无辜

一门大炮。

那些黑奴和英国人

杀死印第安人，连同
西班牙人，他们很快
被赶走。

是的，大战役

轰，轰。

打开躯体

——内心自由的时刻
是头脑被打开而那
无限的宇宙揭露
而后任由灵魂晕眩地
漫步又茫然地四处
寻找师长和友人。

＊＊＊

自由的时刻
就是囚犯
在阳光下眨眼
像一只鼹鼠

刚从穴中出来

一个小孩的初次旅行
远离家门

那自由的时刻

* * *

拉美利加
我们女皇的冷处理
拉美利加
短暂的宇宙
拉美利加
即时交流与通讯

拉美利加
玻璃中的翠玉
拉美利加
黄昏的探照灯
拉美利加
晦暗黎明的石头街道
拉美利加
流放的长袍客

拉美利加
豪迈之心的迅捷一跳
拉美利加
眼睛像二十
拉美利加
迅捷的梦
拉美利加
冰冻的心
拉美利加
士兵的劫难
拉美利加
云雾和奋斗
拉美利加
夜枭

从一开始就注定
拉美利加
“我就是这样认识她的，
拉美利加
孤独又冰冷
拉美利加
还有愠怒，是的
拉美利加
从一开始就这样。”

然后停。

走。旷野之间。

走遍了一路。

* * *

他登上场：

血淋靴。杀人风。

傻瓜金。上帝在天堂。

她在哪儿？

你见过她吗？

有谁见过这个姑娘吗？

　　快照（投影）

她是我妹妹。

女士们先生们：

　请你们细心关注这些文字和情节

　这是你们最后的机会，我们最后的希望。

　在这个子宫或坟墓，我们远离了

　　挤挤攘攘的街道。

　肆虐的黑热病只发生

　　在那些大门之外

　我的朋友们和我从

　遥远的阿尔丁带来舞蹈，和

新的音乐
各地的追随者都不断增长
我们的队列。
传说中的王侯、诸神、勇士
以及恋人们悬荡着就像
珠宝带给你漫不经心的欢喜

我就是我！

你能搞懂吗？
我的肉是真的。
我的双手——它们活动
协调自如就像柔软的魔鬼
我的头发——那么卷曲、交缠
我脸上的皮肤——掐疼脸蛋了
我的烈火宝剑之舌
喷吐着言辞的赤焰熊熊
我是真的。
我是人类
但我不是一个普通人
不不不

* * *

你在这儿做什么？
你想要些什么？
这是音乐吗？
我们会演奏音乐。
但你想要更多。
你想要一些新东西和新的人。
我说得对吗？
当然我说对了。
我知道你想要什么。
你想要的是狂喜
纵欲和迷梦。
事物不完全是它们看上去的样子。
我带你走这边，他扯你去那边。
我不是在唱给一个想象中的姑娘听。
我是在说你，我的自我。
让我们重造世界吧。
观念的宫殿在燃烧。

看吧。瞧它烧着了。
在暖热的炭火中烘得舒舒服服。

你还太年轻不会变老。
你不需要人来告诉你
你想要看到如其所是的事物

你完全知道我所做的
一切

* * *

我是大迷宫的一个向导

万变高塔的君王
在这清凉的石砌露台上
高踞铁雾之上
倾倒它自己的废料
呼吸着它自己的呼吸

力 量

我能够让地球停止在
它的轨道。我命令
蓝色汽车都开走。

我能让自己隐形或缩小。
我能变得巨大而直抵
最遥远之物。我能改变
大自然的规律。

我能把自己放在任何
空间或时间。
我能召唤死者。
我能感知其他的世界,
我最深的内在意识
和其他人的意识中的情况。

我能

我是

* * *

那些需要连接器的人
　　作家，英雄，明星，
　　领袖
给生命赋予形式。
一个孩子的沙舟面朝
　　太阳。
塑胶士兵们在缩微的
　　肮脏战争中。要塞。
车库里的宇航飞船。

典礼，戏剧，舞蹈

重申了部族的需要和记忆
一次礼拜召唤，联结着
所有，一次返祖，
一次对家庭的渴望以及
童年时的安全魔法。

* * *

大公路上
挤攘
着
恋人
和
检查官
和
离去者
那么
热切地
要
开心
和
遗忘

荒野

* * *

此刻是蒙福的
　　其余
被纪念。

* * *

有个人把落叶耙进
他的小院成一堆，一垛，
又将耙子靠在上面
再统统烧个干净。
那芬芳飘满了森林
孩子们停下来并留心这
气味，这将成为
多年后的乡愁

* * *

汽笛
水面
降雨，雷电
从基地起飞的喷气机
火热灼烧昆虫的鸣叫

青蛙和蟋蟀

大门敞开又关闭

玻璃碎渣

温柔大集会

一个意外

丝绸、尼龙的摩擦

浇灌干枯草地

起火

敲钟

响尾蛇，口哨，响板

刈草坪的人

心情愉快的男子

那些老驽马和货车

摩托

* * *

你是从哪里学的

　　撒旦——书里

爱情呢？——书里

* * *

罪孽之夜（秋天）

——第一次性，感觉已经在
以前就做过同样的行为
哦，不，不要再来了

* * *

在童年、少年、青春期
和成年（成熟）之间
应该有明确的界线划出来
用测试、死亡、巧技、仪式
故事、歌曲和判断

* * *

从船上出来的人
逃脱罪孽和城市的泥泞
观察晨星的胎盘
从甲板上，在他们的身后
跨过赤道
举行发掘死者的仪式
危险的起始点
标志着达到了新的高度

感觉处在祛邪术边缘

成年之礼
等待或寻求男子气概
在枪声中获得启蒙

杀死童年，纯真
就在一瞬间

＊＊＊

拉美利加

通商航路
指导路线
维京人和探险队
这些无意识的
发现者

联邦地图
公路的脉络
地图之美
隐藏的联系
快速踏破森林

疯狂在轻声细语
霓虹灯噼啪
轮胎嘶鸣
城市嗥叫

丰饶、广阔又阴郁
像一头迟钝的怪兽
渐渐发胖
而后死去

摇滚剖析

或
始于摇滚乐的所有一切
现在
全都失控了

第一波电子狂潮
在美好星期五
降临到人们头上。
空气充满汗味。
播出频道，
权力的表征。

熏香在暗中酝酿。
当时谁能预言它会
就此终结?

一辆校巴与火车相撞。
这是十字路口。
汞柱收紧。
我无法从座位站起来。
一路上挤满
跳摇摆舞的死鬼。
救命啊,
我们上学要迟到了。

谣言的神秘骤雨
在校园横扫
并把我们不知不觉钉在
狂热高峰。
一个姑娘赤身裸体
站在旗杆座上。
公共厕所全都清凉
和沉默
带着粪坑的盐绿色。
毛毯短缺。

绳索飘飘。
微笑讪讪
且出没不定。
储物柜都被撬开
而后秘密泄露。

啊，美妙的音乐。

夜里的疯狂声响。
天使鸣笛呼啸。
大猎狗狂吠。
汽车换挡的嘎吱声
和尖叫
在空旷的路面上
轮胎打溜，划出
危险的曲线

心爱的角落。
啦啦队长们被强奸在夏季
别墅。
握着手
跳博普舞直到星期天。

那些贫乏美好又绝望的时辰。

时间在走廊里搜索
一个思想。
双手维持时间。
天气变化就像一场
可见的舞蹈。

夜间出没的女人们。
怀疑有它奇妙的圣餐礼
恐惧和罪孽的阵阵爆发中
阴郁涌现
在子宫的坑洞
在野兽缰绳
之下

选自《大门》

冲破阻碍

你知道白天摧毁黑夜
黑夜割裂白天
拼命跑
拼命藏
冲破阻碍去到另一边
冲破阻碍去到另一边
冲破阻碍去到另一边

我们在这里追求愉悦
在那里挖掘金钱
你可还记得
我们曾哭过?
冲破阻碍去到另一边
冲破阻碍去到另一边
冲破阻碍去到另一边

人人都爱我的宝贝
人人都爱我的宝贝
她高了，她高了
她高了，她高了

我在你怀中发现一个岛屿
在你眼中有一个家园
两臂是锁链
双眼在欺骗
冲破阻碍去到另一边
冲破阻碍去到另一边
冲破阻碍去到另一边

搭起了舞台，一个个星期
一个个白天，一个个小时
大道之门笔直
广阔又深远
冲破阻碍去到另一边
冲破阻碍去到另一边
冲破阻碍，冲破阻碍
冲破阻碍，冲破阻碍

灵魂厨房[1]

啊，钟声说关门时间已到
我猜我还是走了的好
我真希望能在这里泡一个通宵

汽车蠕动而过全都瞪着大眼
街灯映照它们空洞的光芒
你的头脑仿佛塞满麻木的刺激
还有一个地方可去
还有一个地方可去

请让我整夜睡在你的灵魂厨房
用你轻柔的火炉温暖我的思绪
若是把我赶走，宝贝，我会四处游荡
在霓虹灯的丛林迷失方向

你的手指飞快编织着宣礼塔
讲着神秘的语言
我点燃另一支香烟
学会遗忘，学会遗忘
学会遗忘，学会遗忘

1　灵魂（soul）也常指与美国黑人文化传统有关的东西，歌中指洛杉矶威尼斯海滩附近的一家黑人酒馆，吉姆常在那里泡到打烊赶人为止。

请让我整夜睡在你的灵魂厨房
用你轻柔的炉灶温暖我的思绪
若是把我赶走，宝贝，我会四处游荡
在霓虹灯的丛林迷失方向

啊，钟声说关门时间已到
我猜我还是走了的好
我当真希望能在这里泡一个通宵
一个通宵，一个通宵

水晶船[1]

在你陷进无意识之前[2]
我真想再要另一个吻
另一个天赐的闪耀时辰
另一个吻，另一个吻

白昼明媚也充满了痛苦
让我笼罩在你温柔的细雨里
你跑掉的时候真是疯狂
我们会再相遇，会再相遇

---

1 据说这首歌是吉姆与初恋女友玛丽·维尔布罗（Mary Werbelow）分手时写的。

2 在我完全放弃与你的这段恋情之前。

哦，告诉我你的自由在何处
街道是永不死亡的领域
让我不必难以解释为什么
你宁可哭泣，我宁可高飞

水晶船已装得满满
一千个姑娘，一千种激颤
一百万种方法让你打发时间
当我们回返，我会有留言

二十世纪之狐

啊，她的苗条那么时尚
她的迟到也那么时尚
她从来不搞砸演出
她从来不错过日期
她也不会拖拖拉拉
你看看她走路的样子吧

她是一只二十世纪之狐
她是一只二十世纪之狐
没有眼泪，没有恐惧
没有荒废岁月

没有钟点
她是一只二十世纪之狐

她是冷静女王
她是有耐心的姑娘
自从她的思想离开学校
就从不犹犹豫豫
她不会浪费时间
做低级的谈话

因为她是一只二十世纪之狐
她是一只二十世纪之狐
已经把世界锁定了
在一个塑料盒里面
她是一只二十世纪之狐
二十世纪之狐

我看着你

我看着你
你看着我
我对你笑
你对我笑

我们已经上路
不能再回头
对，我们已经上路了
不能再回头
因为已经太迟
太迟了，太迟了

我跟你一起走
你跟我一起走
我对你说话
你对我说话

我们已经上路
不能再回头
对，我们已经上路了
不能再回头
因为已经太迟
太迟了，太迟了

夜的尽头[1]

沿着高速路驶向夜的尽头
夜的尽头，夜的尽头
一路奔向灿烂的午夜
夜的尽头，夜的尽头

狂喜的天地
光明的天地
有的人生来甜美欢乐
有的人生来甜美欢乐
有的人生来是无尽的黑夜

夜的尽头，夜的尽头
夜的尽头，夜的尽头

既来之则安之

生活有时
撒谎有时
欢笑有时

---

1 这首歌的标题出自法国作家塞利纳的长篇小说《长夜行》（*Voyage au bout de la nuit*，1932）。

死亡有时[1]

不必紧张，宝贝
既来之则安之
如果你想让爱情持久
不要动作太快
哦，你的动作实在太快

行走有时
奔跑有时
举箭射太阳
也有时

不必紧张，宝贝
既来之则安之
如果你想让爱情持久
不要动作太快
哦，你的动作实在太快

慢慢来吧
你会越来越喜欢
既来之则安之
尤其要享受乐趣

1　参见《圣经·旧约·传道书》第 3 章。

不必紧张，宝贝
既来之则安之
如果你想让爱情持久
不要动作太快
哦，你的动作实在太快
实在太快
实在太快

终　结

这就是终结，美丽的朋友
这就是终结，我唯一的朋友
我们所有周密计划的终结
一切稳固之物的终结
终结

没有保障没有惊奇
终结
我将不再凝视你的眼

你能否想象那种场面
如此无限而又自由
绝望地渴求

某个陌生人的手
在一片绝望之地

迷失在罗马的痛苦荒野
所有的孩子都疯癫
所有的孩子都疯癫
期盼着一场夏天的雨

城市周围有危险
开上国王大道
金矿深处的光怪陆离
开上大道向西去，宝贝

乘上大蛇
乘上大蛇
去湖边
去湖边

那古老的湖泊，宝贝
大蛇漫长
有七英里
乘上大蛇

他古老

他的皮肤冰冷
西方是乐土
西方是乐土
到了那里我们就做其他事

蓝色巴士在召唤我们
蓝色巴士在召唤我们
司机，你要带我们去哪里？

杀手在天亮前醒来
他穿上靴子
他从古老的画廊取了一张脸
然后他一路走到大厅

他走进他妹妹住的房间
然后他又去看望了他的弟弟
然后他又一路走到大厅
他来到一扇门前
他往里边看去
“爸爸？”
“怎么了，儿子？”
“我要杀了你。
“妈妈，我要……”

来吧，宝贝，我们要抓住机会
来吧，宝贝，我们要抓住机会
在蓝色巴士的后座上和我相会
蓝色巴士，蓝色巴士
蓝色巴士，蓝色巴士
来吧，来吧
来吧，来吧

这就是终结，美丽的朋友
这就是终结，我唯一的朋友
终结

真伤心让你离开
而你永远不会跟我走

欢笑和甜蜜谎言的终结
我们死去活来的那些夜晚的终结

这就是终结

选自《奇异的日子》

奇异的日子

奇异的日子已经找上我们
奇异的日子已紧紧追踪我们
它们准备要摧毁
我们轻松的快乐
我们应该继续演奏
或去寻找一个新城市

奇异的目光充满奇异的房间
话语声将传达它们疲惫的结局
女主人在呵呵直笑
她的客人们带着罪恶睡过去了
听我来说说罪恶吧
你也知道它是怎么回事

奇异的日子已经找上我们

在它们奇异的时辰里
我们独自消磨
身体困惑
记忆出错
当我们逃过白昼
进入一个奇异的石头之夜[1]

不快乐的女孩

不快乐的女孩
什么都不理睬
自己玩蜘蛛纸牌
扮演你的灵魂看守
你被禁锢在牢房里
是你自己的设计
而你无法相信
当我看见你哭泣
心里多么难过

不快乐的女孩
撕开你的罗网吧
锯断你所有的阻碍

1　石头（stone）常指迷醉不醒，在吉姆·莫里森歌中又指纯真无邪。

今天就熔化你的监狱
你被关押在牢房里
是你自己的设计

不快乐的女孩
赶紧飞出来
不要错过你的机会
去神秘之中遨游吧
你正垂死在牢房里
是你自己的设计

月光之旅[1]

我们朝月亮游去吧
让我们翻越潮水
穿破这个夜晚
当城市躲着沉睡不醒

我们今晚就游出去吧，爱人
轮到我们尝试一回
驶向大洋那边

1 这一首属于吉姆在1965年创作的最早一批歌词，让玩音乐的朋友雷·曼扎里克大为震惊，于是两人决定组建乐队，就是后来的“大门”。

开始我们的月光之旅

我们朝月亮游去吧
让我们翻越潮水
交托给久候的世界
任它对我们拍打浪花

没有什么还需要讨论
没有时间再做决定
我们已经踏入河流
开始我们的月光之旅

我们朝月亮游去吧
让我们翻越潮水
你伸出手来抓紧我
但我无法给你指引

别怕，我爱你
当我看着你滑落
跌进湿漉漉的森林
进入我们的月光之旅

来吧，宝贝，就要开始小小航行
一路去往大洋那边

就要真正靠近
真正地贴紧
宝贝，今晚就要沉溺下去
一路下沉，下沉，下沉

人人都是奇异的

当你是一个异乡人
人人都是奇异的
当你孤独的时候
长相都显得丑陋了
当你不受人待见
女人都显得恶劣
当你低落的时候
街道都不平整了

当你是一个异乡人
长相都被雨水淋湿了
当你是一个异乡人
没有谁记得你的姓名
当你是一个异乡人
当你是一个异乡人
当你是一个异乡人

我的眼睛曾见过你

我的眼睛曾见过你
我的眼睛曾见过你
我的眼睛曾见过你
站在你家门口
到屋里相会
再给我多看一些
再给我多看一些
再给我多看一些

我的眼睛曾见过你
我的眼睛曾见过你
我的眼睛曾见过你
转身注视着
理顺你的头发
往楼上走去
往楼上走去
往楼上走去

我的眼睛曾见过你
我的眼睛曾见过你
我的眼睛曾见过你
除掉了伪装

凝望着城市
满天电视天线
满天电视天线
满天电视天线

我的眼睛曾见过你
我的眼睛曾见过你
我的眼睛曾见过你
让它们拍摄你的灵魂吧
牢牢记住你的街巷
一路不停地转动
不停转动
不停转动
不停转动

我无法在思绪中看到你的脸

我无法在思绪中看到你的脸
我无法在思绪中看到你的脸
狂欢的狗群吞噬了线条
无法在思绪中看到你的脸

你不要哭

宝贝，请不要哭
也不要用你的眼睛看着我

我像是无法找到合适的谎言
我像是无法找到合适的谎言
疯狂的马匹装饰着天空
像是无法找到合适的谎言
狂欢的狗群吞噬了线条
无法在思绪中看到你的脸

你不要哭
宝贝，请不要哭
我不会需要你的照片
直到我们说再见

当音乐结束的时候

当音乐结束的时候
当音乐结束的时候
当音乐结束的时候
把灯都关掉
把灯都关掉
把灯都关掉

因为音乐是你特殊的朋友
在火焰上舞蹈是它的追求
音乐是你唯一的朋友
直到最后
直到最后
直到最后

撤销我对复活的
赞同签名
把我的信任状
交给拘留所
我在那里有些朋友

镜中的脸庞不会存留
窗里的姑娘不会下楼
朋友们欢聚一堂
活着，她喊道
在外面等着我

在我陷入长眠之前
我想要听
我想要听
蝴蝶的尖叫

快回来，宝贝
回到我的怀里
我们已厌倦了东游西荡
左顾右盼
把我们的脑袋贴着地面
我听见一个非常轻柔的声音
非常近，但又非常远
非常轻，但又非常清晰
来吧，就在今天
来吧，就在今天

他们对大地做了些什么？
他们对我们亲爱的姐妹做了些什么？
掳掠和蹂躏
撕开她
咬碎她
用刀子捅她
在黎明时分
把她绑起来
把她拖倒在地

我听见一个非常轻柔的声音
把你的耳朵贴紧地面吧
我们想要一个世界，我们要它

我们想要一个世界，我们要它，就现在
现在？
现在！

波斯的夜晚，宝贝！
看亮光传来，宝贝！[1]
拯救我们！耶稣！拯救我们！

当音乐结束的时候
当音乐结束的时候
当音乐结束的时候
把灯都关掉
把灯都关掉
把灯都关掉

因为音乐是你特殊的朋友
在火焰上舞蹈是它的追求
音乐是你唯一的朋友
直到最后
直到最后
直到最后

1　《圣经》故事中，东方三博士（波斯智者）看到伯利恒的星光异象，知道耶稣诞生了。

选自《等待日出》

爱情大街

她住在爱情大街
长期逗留在爱情大街
她有一座宅子和花园
我真想看看发生了什么

她有很多长裙，她有很多猴子
懒惰、钻石，到处是仆役
她有智慧而且知道该做什么
她有我，她有你

我看见你住在爱情大街
那里有个商店是人们相会的地点
我真好奇他们在那里做些什么
某年夏日的星期天
我猜我会喜欢上它的吧

她住在爱情大街
长期逗留在爱情大街
她有一座宅子和花园
我真想看看发生了什么

夏天快要过去了

夏天快要过去了
夏天快要过去了
快要过去了
啊，它快要过去了

我们会在哪里
当夏天过去之后？

早晨发现我们平静得无知无觉
中午把我们的头发灼烧金黄
到夜晚我们在欢笑的海中游泳

但夏天过去之后
我们会在哪里？
我们会在哪里？
我们会在哪里？

夏天快要过去了
夏天快要过去了
我们曾有过好时光
但它们已过去
冬天就要来了
夏天快要过去了

无名士兵

一直等到战争终结
我们俩都老了一些
无名士兵呀

早餐是读新闻的地方
电视是孩子们的食粮
未出生的，活着的
活着的，死亡的
子弹击中钢盔脑袋

全都结束了
对无名士兵而言
全都结束了
对无名士兵而言

“齐步走！”

“立定！”

“举枪！”[1]

给无名士兵挖一个坟
就坐落在你空空的肩膀
无名士兵啊

早餐是读新闻的地方
电视是孩子们的食粮
子弹击中钢盔脑袋

全都结束了，战争结束了
全都结束了，战争结束了
全都结束了，宝贝
都结束了，宝贝！

我的疯爱人

我的疯爱人去骑马

---

1 在现场演唱中，这里常会穿插一段枪毙人犯的即兴表演。

她骑了一整天
她写信给魔鬼
问他要点钱

魔鬼是聪明人
到了悔改的时间
他要她归还
她花掉的钱

我的疯爱人去骑马
她骑到大海边
她收集了一堆
贝壳装饰她的头发

她骑啊她骑啊
她骑了好一会儿
然后在傍晚停步
歇下她的脑袋

她骑到了圣诞节
她骑到了农场
她骑到了日本
重新进入一座城市

这时候的天气
已经变了一度
她请求人们
让她通行无阻

我的疯爱人真疯狂
她尖叫像一只鸟
她呻吟像一只猫
如果她想让人听见的话

我的疯爱人一路骑马
她骑了一个小时
她骑一段她又休息
然后她一路骑下去

五打一[1]

五打一，宝贝
一个对五个
没有人能活着离开这里
你拿到你的，宝贝

---

1 原话在俚语中是打手铳的意思，另外，5:1 大概是当时美国年轻人对老人的比例、白人对黑人的比例、美军对越军的比例，以及年轻人“飞叶子”的比例。

我拿到我的
一定能成，宝贝
只要我们尽力

老人变老，年轻人更强壮
可能要一个星期，也可能更长
他们有枪但我们有数量
一定能赢，对，我们大杀四方
来吧！

你的舞场时代结束了，宝贝
夜幕渐渐降临
傍晚的阴影一年年不断爬行
你走上前来，手里拿着一枝花[1]
想告诉我没人能理解的事情
用你的时间抵换一把硬币[2]
一定能成，宝贝，我们正年轻
一起来吧，再玩一把
一起来吧，再玩一把

哦，别急，亲爱的
你先回家等着我

---

1 意即：你相信一朵花插在枪口上就能感化军队、呼唤和平。

2 意即：你愿意辛辛苦苦上班，用生命换取微薄工资。

宝贝，我过一会就回去
你看，我正要跟这些人开车出去
大干一场

一起来吧，再玩一把
一起来吧，再玩一把
一起来吧
让我带你登峰造极

选自《温柔大集会》

野孩子

野孩子
不凡的气度
像人类的救主
你一脸肃穆

自然之子
可怕的孩子
不属于你的妈妈
或你的爸爸
你是我们的孩子
尖叫得放肆

（一个古老的疯子
统御着暗夜森林）

她的脚跟踩着饥饿
她的眼中透着自由
她跪下膝盖跳起舞
海盗王子在她身边
怔怔地
注视
空洞的偶像之眼
野孩子
不凡的气度
像人类的救主
你一脸肃穆
你一脸肃穆
你一脸肃穆

（你还记得我们在非洲的时候吗？）

温柔大集会

当我又回到神学院
那里有一个人
他提出这命题
你可以用祈祷请求上帝
用祈祷请求上帝

用祈祷请求上帝

你不能用祈祷请求上帝!

你能否给我庇护
我必须找个地方藏起来
有个地方让我藏起来

你能否给我找个温柔避难所
我再也无法逃走
那人就在门口

胡椒薄荷、超短裙
巧克力糖、萨克斯冠军
还有一个叫桑迪的姑娘

只有四种方式来阐明
一是睡觉另一个是旅行
一是上山去做强盗
一是爱你的邻居，直到
他的妻子回家

地下墓窟，幼儿园骸骨
冬天妇女们养育石头

（抱着婴儿去河边）

大街和鞋子，林荫道
皮衣骑士卖报纸

修士买午饭吃
哈哈，他买了一些，确实啊
这是一路上最有趣的事
这是最有趣的事，在一路上
我真喜欢啊
太棒了
我真开心能成为其中一员

成功的高山都在这里停腿
一切都要这样才对
文雅的街上人人有安慰
请参加温柔大集会

我们的生活都要流汗和储备
去建一个小小的坟垒
要有别的东西我们说说嘴
总之才能把家园保卫
一切都要这样才对
一切都要这样才对

温柔大集会现在开场
听听发动机的轰响
人们都出来搞些疯狂
眼镜蛇在我左边
猎豹在我的右边

穿丝绸长裙的野鹿女人
脖子上挂串珠的姑娘们
亲吻穿绿色背心的猎手
他先前还在夜里
跟一群狮子搏斗

看不见了！
灯光越来越亮了
电台在哀叫
召唤狗群
还有一些动物
仍留在院子外边
但是越来越难
向没吃饱的人
描述水手

热带的走廊
热带的宝藏

我们走那么远得到什么
在这温暖的赤道？

我们需要一些新的人或新的东西
一些别的东西让我们熬过去

召唤狗群
召唤狗群
召唤狗群
召唤在狗群中
召唤所有的狗
召唤诸神

你要找我就去十字路口
你要找我就去市区边缘
城市的外围
只有你和我
在傍晚的天空下
你最好一个人来
你最好带上你的枪
我们要去搞些疯狂

当别的方法都失败
我们可以抽打马的眼睛

让它们睡觉

和哭泣……

选自《莫里森旅馆》

和平蛙

大街上血流成河，淹到我的脚踝
大街上血流成河，淹到我的膝盖
大街上血流成河，在芝加哥
血潮汹涌，紧追在我身后

她来过……
就在破晓的时分
她来过，然后她开车离去
阳光映着她的头发

大街上血流成河，忧伤的洪水泛滥
大街上血流成河，淹到我的大腿
红色的潮水在城市的脚下奔涌
女人都在哭泣，红水河都在流泪

她来过了城里
然后她开车离去了
阳光映着她的头发

印第安人七零八落
在黎明的高速路旁流血
幽灵们涌进了
年幼孩子蛋壳般易碎的心灵[1]

大街上血流成河，在纽黑文
血水染红了威尼斯的屋顶和棕榈树
血水淹没了我的爱情在这可怕的夏天
血色的红太阳在奇幻的洛杉矶

血水尖叫她的脑浆当人们砍断她的手指
血水将产生于一个民族的诞生之中
血水是神秘联盟的玫瑰花

大街上血流成河，淹到我的脚踝
大街上血流成河，淹到我的膝盖
大街上血流成河，在整个芝加哥城
血潮汹涌，紧追在我身后

---

1 据说吉姆年幼时曾亲眼目睹一辆满载印第安人的卡车翻倒，路边的伤者浑身血迹，让孩子大为震慑，终生不忘。

愚人船

人类都将全部死掉
再也没谁呐喊尖叫
在月球漫步的人
烟缕马上就叫你好看

每个人都晃晃荡荡
东晃晃又西晃晃
晃来晃去想抓紧把手
希望我们的小世界能永久

妙旅先生一路走来
寻找一条全新的船
来吧，哥们，赶紧爬上甲板
来吧，宝贝，我们现在回家

愚人船
愚人船

人类都将全部死掉
再也没谁呐喊尖叫
在月球漫步的人
烟缕马上就叫你好看

愚人船
愚人船

啊，爬上甲板
船儿马上远远离开
爬上甲板
愚人船
愚人船

登陆喽！

奶奶爱过一个水手
他在冰海上远航
爷爷曾是捕鲸人
他常把我抱在膝头
他说“孩子，我都快疯了
不想在陆地生活
要去找我的船员
在异国的海滩行走”

这时老头又身手矫健
笑容里银光闪闪
他抽着石楠的烟斗

他走过四趟的远路
唱起了风流美人的歌
还有旧时的自由曲
爱情歌，死亡歌
以及让人解脱的歌

我已经有三艘船和六十个人
一条沿途都不为人知的航线
我会站在桅杆，任由北风吹
直到我们死掉了一半

登陆喽！

啊，如果我手里有一块钱
就去买瓶酒来喝个够
如果我手里有五块钱
就把那个小姑娘活活剥光
如果我手里有两块钱
就回家跟你结婚
跟你结婚
跟你结婚

哦，登陆喽！
哦，登陆喽！

如果我回到家里

我会感觉很棒

你知道我今晚要爱你个爽

爱个爽

爱个爽

哦，登陆喽！

选自《洛杉矶美人》

多变怪

我住在外城
我住在内城
我住在各个地方

我有很多钱，我是穷光蛋
我有很多钱，我是穷光蛋
但我从来没有这般落魄
我甚至不能离开城里

我是一个多变怪，你看我来变
我是一个多变怪，你看我来变

我是你呼吸的空气
你吃的食物
你在拥挤的街头

问候的朋友

我是一个多变怪，你看我来变
我是一个多变怪，你看我来变

我就要离开城里
乘上半夜的火车
就让你看我来变
变，变，变
变，变，变

已经压抑太久

啊，我他妈已经压抑太久
这像是我自己活该[1]
啊，我真他妈已经压抑太久
这像是我自己活该
但为什么你们没有一个人
来给我自由自在？

我说，看守，看守，看守

1　这两句出自美国老蓝调，一般是说我所爱的女人对我无动于衷等等。歌中指吉姆的放荡演出受到有关部门的长期压制。

能不能砸烂你的铁锁和钥匙
我说，看守，看守，看守
能不能砸烂你的铁锁和钥匙
嘿，到这儿来，先生
快来释放一个可怜的人

宝贝，宝贝，宝贝
能不能跪下你的膝盖
宝贝，宝贝，宝贝
能不能跪下你的膝盖
来吧小可爱
来吧让我尝尝你的爱
哦，就这样

啊，我他妈已经压抑太久
这像是我自己活该
啊，我真他妈已经压抑太久
这像是我自己活该
但为什么你们没有一个人
来呀，来呀，来呀
给我自由自在！

洛杉矶美人

啊，我刚进到城里才一小时这样
正四处打探风吹去哪个方向
好莱坞的廉租房姑娘们都在什么地方
你究竟是光明之城的幸运女士
还是又一个堕落天使？

黑夜之城，黑夜之城
黑夜之城，黑夜之城

洛杉矶美人，洛杉矶美人
洛杉矶美人，星期天下午
洛杉矶美人，星期天下午

洛杉矶美人，星期天下午
飞车经过你的郊区
进入你的蓝调
进入你的蓝调
哦！进入你的蓝、蓝、蓝调
进入你的蓝调

啊！我看见你的毛发在燃烧
你的山峦正热火冲天

如果有人说我根本不爱你
你就知道那些都是谎言

飞车闯进你的高速路
在子夜巷道穿梭
巡逻车的警察，无上装酒吧
从没见过一个女人那么孤独
那么孤独，那么孤独，那么孤独

旅店、金钱、凶犯、疯癫
我们改变情绪吧
从欢快到悲哀。

魔咒先生[1]
魔咒先生
快继续魔咒不停
魔咒先生
魔咒先生
快继续魔咒不停
不停不停
不停不停
不停不停

---

1 魔咒先生（Mr. Mojo Risin'）是 Jim Morrison 的换音绰号。

啊，我刚进到城里才一小时这样
正四处打探风吹去哪个方向
好莱坞的廉租房姑娘们都在什么地方
你究竟是光明之城的幸运女士
还是又一个堕落天使？

黑夜之城
黑夜之城
黑夜之城

哦！哦！
洛杉矶美人，洛杉矶美人
你是我的女人
洛杉矶美人，洛杉矶美人

拉美利加

我去拉美利加跑了一趟
用玻璃珠子换了一品脱黄金
我去拉美利加跑了一趟
用玻璃珠子换了一品脱黄金

拉美利加，拉美利加，拉美利加

拉美利加，拉美利加，拉美利加

哥们，你别再一脸惆怅
你知道祈雨师就要来到镇上
他会改变你的天气
改变你的运气
然后他会教你
怎样找回自己
在拉美利加

那些友善的异乡人来到镇上
大家对他们都很提防
但女人喜欢他们的方式
欢迎下回再来一次
就像细雨淋湿
就像细雨那般降临

我去拉美利加跑了一趟
用玻璃珠子换了一品脱黄金
我去拉美利加跑了一趟
用玻璃珠子换了一品脱黄金

拉美利加，拉美利加，拉美利加
拉美利加，拉美利加，拉美利加

风信子之家

他们在风信子之家做些什么
他们在风信子之家做些什么
讨好狮子，一整天？[1]

我需要一个全新的朋友，他不会打扰我
我需要一个全新的朋友，他不会为难我
我需要某个人，他不会需要我

我看到卫生间安安静静
我想有人就在附近
我确定某个人跟随我
哦，没错

为什么你要把红桃J抛出来？
为什么你要把红桃J抛出来？
这是，这是我手中能打的
最后一张牌

我想再说一次
我需要一个全新的朋友
我想再说一次

1 狮子可能指歌迷、媒体等。

我需要一个全新的朋友
我想再说一次
我需要一个全新的朋友
说完了

WASP[1]

我来跟你说说得克萨斯电台和大节拍乐
它源自弗吉尼亚的沼泽地
冷静，舒缓，又无比精确
后拍子特别严格，难以把握
有人称它是辉煌的天籁之音
也有人视为西部幻梦的破烂垃圾

我和亲爱的朋友们都齐聚
在这艘小皮艇
我们建造了金字塔
纪念我们的逃离
这片大陆是法老的死亡之地

森林里的黑人插着亮丽羽毛
他们说，“忘掉夜晚吧！

---

1 WASP 一般指白种盎格鲁-撒克逊新教徒。

跟我们生活在蔚蓝的森林
在周围这一带，没有明星
在这里我们都是石头，纯洁无瑕。”

来听这个吧，我要跟你说说伤心事
我要跟你说说伤心事，还有失去上帝
我要跟你说说那绝望的夜晚
被遗忘的灵魂食物贫乏[1]
我要跟你说说那狠心如铁的少女
我要跟你说说这个，永生的奖赏不会再原谅我们
如果浪费了黎明

我要跟你说说得克萨斯电台和大节拍乐
轻柔推进，舒缓又疯狂，就像一种新的语言
来听这个吧，我要跟你说说得克萨斯
我要跟你说说得克萨斯电台
我要跟你说说那绝望的夜晚
迷离游荡的西部幻梦
跟你说说那狠心如铁的少女

1 参见大门乐队歌曲《灵魂厨房》。

风暴骑手[1]

风暴骑手，风暴骑手
进入我们诞生的这座房子
进入我们浪荡的这个人世
像一条狗没有骨头吃
一个演员亏空赤字
风暴骑手

在路边有个杀手
他脑子抽搐像蛤蟆怪
过个长长的暑假
让你的孩子们好好玩耍
如果你让这人搭上车
美好的家庭就完蛋
路边有个杀手，哦

姑娘，你要爱老公
姑娘，你要爱老公
把他抓在手中
让他记在心中
世界就全由你掌控
我们的生活会有始终

1 据说这是吉姆生命中录制的最后一首歌。

你要爱老公，哦

风暴骑手，风暴骑手
进入我们诞生的这座房子
进入我们浪荡的这个人世
像一条狗没有骨头吃
一个演员亏空赤字
风暴骑手

尾声

当我回首

当我回首
　　看我的人生
　　我惊讶地发现当年那些
　　　　明信片、损毁的快照
　　褪色海报，我都记不清了

在上岸，和诞生之前，
　　是旅行者之家
　　少儿的围栏
　　无欲无求的灵魂们
　　在灵薄狱中的一个营地

他们被灌输欲望，日复一日
　　而夜里也如此

乘降落伞诞生
像战争的第一波行动

痛苦的第一天

挣扎前行
有了意识

我是个苏格兰人，或者
别人这么说。当真是
一个神秘基督教会的
       后嗣

一个军人家庭的
     孩子……

第一个早期记忆
——引起关注
婴儿躲开妈妈
大象漫步

回溯时光来到童年
  再一次，隔着栅栏
    眼看着天使们腐烂
      在隔壁门口

早期记忆

哮喘病
阿尔伯克基 草坪椅子，被锁在
　　车库搁架，跟一个姑娘
美丽的墨西哥姑娘——她的妈妈
还会跳舞——丢了鞋子
“坏男孩”——不，他是一个好男孩
心无所想——有求必应的是
邮件箱

我在峡谷里
发动脏泥巴大战
而后被石块轰炸
在肚子上

降落伞出自丝绸
手绢

风筝

格伦幽谷的蛇

“但是他们在挑选
　　　　　　小娃娃”

我会讲故事还带领
孩子们去寻宝

我领着单车队
从学校追赶姑娘们
回家并乐呵呵地
打她们屁股

经过一场热病之后
　　我就背叛了
　　　　教会

我在学校拍人马屁
　　还攻击老师

　　　　我分到了一张
　　　　角落的课桌

　　　　我是一个傻瓜
　　　　　　又是
　　　　　　全班
　　　　最聪明的小子

我造了一笔冒充的财宝

想榨点油水出来
就藏在学校附近的树林里
但一位级长把我阻拦

漫步在首都的
　　　　黑人街区。图书馆
　　　　和书店。橙色的
　　　　砖墙晒着温暖的阳光
　　　　书籍和诗人们的魔法

然后性欲带来更强的刺激
前所未有啊
一切和平和图书都失去了
魅力而你被扔回到
幻觉的眼光里

老鸡婆——脱裤衩——打架——蓝色巴士等。

尝试蓄一头鸭尾长发

坚持自己的睿智

我已努力对人类多加学习
但这不是容易讨论的。

这就是真实的一般性欲，
甚至超过哲学或信仰

世事变异——但神秘不变

摇滚的历史
　　正吻合我的
　　　　青春期

来到洛杉矶进了
　　电影学院

威尼斯的夏天

迷药幻觉

屋顶上的歌声

早期笔记本
很多丢失的笔记本

看猫王在电视上
滑稽的摇滚乐热潮

首先想到了名字
知觉之门

我们哀戚可怜的蛇一样的
声音。沉重如冰
如玻璃。

早期的那些奋斗和
　　　　　　　蒙羞

感谢那些姑娘
供养了我。

录唱片

猫王有性方面特长
十九岁就嗓音成熟。

而我仍保持
呜咽的鼻音像一个
被压抑的少年
　　小声吱吱叫加上怒吼
一个有趣的歌手
最多——就是尖叫

或生病的哼唧。此外
再没别的。

巡演时期

恐惧坠机而死

而夜晚正是夜晚
　　应有模样
一个姑娘，一瓶酒，以及无忧的安睡

末日之夜

——无人能理解

录音室灾难

一个天生的领袖，一个诗人
一个大巫师，带着
一个小丑的灵魂。

我对家庭的渴求

我做的什么呢

在这斗牛
　　场上
每一个公众人物
　都争着当领袖

墓穴的观众
——骚乱看客

眼中的恐惧
刺杀

阿尔托的努力[1]
就是逃脱集体的
意识。

我已经把我的种子
耕种在了民族的
内心里。
　　在心灵的血管里植入了胚芽。

现在我拥抱诗歌
产业且成了——为时

1　阿尔托（Antonin Artaud，1896—1948），法国超现实主义艺术家、戏剧家，提出“残酷剧场”“活剧场”等概念。吉姆·莫里森受他的影响很大。

短暂——“工商巨子”

功成名就
会不会丢人现眼。
从后门进出的人
从来不胡乱地变成
革命的歇斯底里。

首先要把正常的
学院派智力
带进摇滚。经典的
　　　　　美国式

我坐着远望
办公楼窗户电影
温柔大集会

蓄长发的
队伍穿过城市
　无法无天的帮伙们

聚会

摆脱经理和密探

商业的恐怖

公开自我分析

金钱的问题
　　　　罪恶
　　是我应受的吗?

醉酒是很好的伪装。

我喝得我都
可以跟蠢货说话了。
这也包括我。

迈阿密打击了我的信心
　　但实际上是我
　　　　故意要打击它

正派大团结
“我们永远前进。”

陪审团——吸鼻子的证人们
在佛罗里达州审问魔鬼

害怕被囚禁
“不，您已经适应了。”

审讯的解脱（尚可忍受）
以及此地的愉快生活。

每一天都是穿过历史的飞车

懊悔那些荒废的夜晚
和荒废的年月
我将它一甩而过
美国音乐

四年后，我带着满脑子
思绪离开像个绒绒锤

弥尔顿的青年时期
——我有没有机会
写一部我的
《失乐园》

打破过去（妻子
与父母）并定义自我。

表演的乐趣已结束。

电影的乐趣是写作的欢愉。

以温情的辞行结束吧

并做好未来计划

——不当演员

而是作家兼电影人

从家里拿钱

真幸运

远离烦恼

我的哪一个细胞

会被记住呢

再见了美国

我爱你

吉姆 4 岁，1948 年

洛杉矶，1968 年

译后记

在世界文化的传统上，诗与歌都是密不可分的；在当代，但凡诗与歌密不可分的创作领域，我们似乎都可以泛称为摇滚。我是一只安安静静的摇滚虫子，老婆不在家才敢偶尔轰炸一下小音箱。我也不会玩乐器，更多的时候我喜欢品味那些歌手既坦率粗放又深刻细腻的嘶哑抒情方式。他们说的东西我半懂不懂，若是法国德国俄国的更不知所云，但在脑补和想象中，不外是在唱着爱与恨，想象与现实，失落和希翼，哭泣和愤怒，人生际遇，听说见闻，揭示和掩饰。

前几年，我激情澎湃地投入翻译鲍勃·迪伦的实验文学作品《狼蛛》。这位荣膺诺贝尔文学奖的摇滚巨星至今仍老骥千里，他是他那一代人的天花板了，可以质疑，可以挑战，但不可能被超越——除非吉姆·莫里森还能一直活蹦乱跳地坚持到二十一世纪。（也许还有再世的约翰·列侬，如果他肯用功屈就于严肃文学的话。）我感觉，吉姆·莫里森是有可能与鲍勃·迪伦比肩的唯一选手，但遗憾的是，他过早地自我毁灭，只留给人一片无根的遐想。

我原以为我可以用同样的激情进入吉姆·莫里森的世界，因为我已经关注他很久，但事实上却不断发现，我做不到啊。我的真实内心既不能与之共情同乐，也无法抽离出来“理中客”。放在文学界的平台上看，吉姆的短暂创作生涯太特殊、太奇异了。我总是不禁设想，如果他还好好的，会是怎样：面对那么多片段式的诗文正稿和残稿，这一段旧作他会怎么改，或怎样重新编排组合；他会往这个方向再多写写什么，把意象夯实、展开……唉，也许，他能不能少整点酒，多整点稿子，趁死亡来临之前。也许，他的人生本可以在另一条路上继续着精彩和丰富。

吉姆·莫里森（Jim Morrison），全名 James Douglas Morrison，生于 1943 年 12 月 8 日，卒于 1971 年 7 月 3 日，美国著名迷幻摇滚乐队“大门”（the Doors）主唱，名噪一时的摇滚巨星、绯闻人物、传奇偶像，而他内心里最想成为的是一个真正的诗人。但就在他试图转型的时候，因酗酒并发心衰在巴黎寓所的浴缸中去世，姿势如同法国画家大卫笔下的《马拉之死》（1793），年仅二十七岁。

吉姆生于一个典型的美国职业军人家庭，少儿时期在各个军事基地过着辗转不定的生活，家教粗放，养成了一副叛逆性格。他的父亲是海军航空兵军官，派驻西太平洋，深度涉入二战、朝战、冷战，1963 年任好人理查德号航母舰长，吉姆在大学时还曾上船接受过一番特殊亲子教育。不久，他的父亲指挥舰队发动了北部湾事件（1964 年 8 月），挑起越南战争，而后升任美国最年轻的海军少将。这一切最终促使吉姆在大学毕业后实质性地切断了家庭联系，有时他声称是一个孤儿，甚至不愿见自己的母亲。

这些不需要说太多，一个美式中产阶级文艺青年在成长期的生活毕竟是同样的简单而丰富。吉姆在很多地方上过学，老师们都说他聪明，爱看书，同学们都说他调皮，爱搞怪，很有个性。他确实爱看书，懂淘书，而且一个人在图书馆里乱翻。据说，他在中学时就喜欢上了尼采、兰波等很多欧洲现代作家，还有当红的美国“垮掉派”诗人的作品。但可以肯定，吉姆并不是一个优秀生。他高中毕业去了佛罗里达的爷爷家那边读专科，然后，1962 年入佛罗里达州立大学。1964 年转学到更有名的加利福尼亚大学洛杉矶分校（UCLA），这大概率是因为他爸爸在那边的关系。

在加州大学洛杉矶分校，吉姆 · 莫里森开始迅速成长、成型。他上过诗人杰克 · 赫什曼（Jack Hirschman，1933—2021）讲授的比较文学课和现代戏剧，先锋派艺术家、戏剧家阿尔托（Antonin Artaud，1896—1948）[1]，以及法国现代文学、超现实主义，等等。吉姆主修电影艺术，这个专业固然是好莱坞的高职学院，但同时也是最反叛的后现代思想根据地，左翼知识分子相当普遍。1965 年夏，吉姆跟同学们拍了个有点“诲淫诲盗”的实验短片，就本科毕业了。然后他跟几个校友在洛杉矶近郊的威尼斯海滩区租了个小破房，过上波希米亚生活，少量生活，大量写作，并想办法逃避兵役。

有一天，玩音乐的师兄雷 · 曼扎瑞克（Ray Manzarek，1939—2013）无意中听到吉姆 · 莫里森在吟唱自己的诗作，大为震惊。于是他便撺掇吉姆一起搞乐队，雷又拉来了几个同好，不久，一个名为“大门”的乐队便宣告组成了。吉姆 · 莫里森担任主唱，乐队的名字也是他取的，出自英国诗人威廉 · 布莱克的诗句，大意是：通灵之后，知觉的大门洞开，一切敞亮无遗，无边无际。就这样，从 1965 年秋直到 1971 年 7 月 3 日，吉姆 · 莫里森的身份基本上就是一个摇滚人，从籍籍无名的跑场卖唱

1 赫什曼本人就是热情的阿尔托专家和译者，他在 1963 年出版的《阿尔托文集》由苏珊 · 桑塔格作序。赫什曼还是加州有名的社会主义激进派。

歌手，到大红大紫的传奇偶像。

吉姆·莫里森和大门乐队的摇滚神话是上世纪六七十年代美国迷幻摇滚的浪潮标杆，而吉姆更是标杆上风头最劲的飘带。他很帅，长发，苗条，美式性感男偶，尤其擅长在舞台现场上的随兴表演，时而沉迷时而爆发，操控和煽动着听众的集体情绪。吉姆的演唱会很大程度上就是先锋派戏剧以及大众心理学的娱乐化实践，他的演技至今仍是摇滚界的学习典范。但吉姆一边享受了大歌星的特权福利，另一边又对此极度烦躁。他本身并不是为了追求这些而来，但是现在到这个地步却不能愧对乐队和团队同仁的善良期许，又不甘放弃自己那一份“猛禽高飞”的心愿，所以吉姆越来越沉迷于酒精，故意在公众面前放荡形骸，哪怕冒坐牢的风险，直至他本人无法自拔。但是，即便如此，基于巨大的明星价值，他仍旧被人原谅，被人要求。于是，吉姆想静一静，想离开一阵，去法国避一避，过自己的生活，做自己的事，旋即，一切就在巴黎结束了。

吉姆·莫里森二十七岁的短暂生命，仅仅五年的光华绽放，摇滚巨星的辉煌掩盖了一切，而除此之外，其余都被遮掩在晦暗之中。吉姆的诗歌世界如同埋在地底的金矿深处一般，光怪陆离。但无法深入，只能想象，其中秘密难以窥知。如果泛泛而言，我看他的诗很有意思，随处都可能碰到让我喜欢的某种感觉，读着舒适，有点逸兴遄飞。

旧金山“垮掉派”诗人、戏剧家迈克·麦克卢尔（Michael McClure，1932—2020）是吉姆·莫里森的文学挚友和引路者，他可能是最理解吉姆诗歌的人。他说：“吉姆是一位变形术大师，他的能量和胆量令我们颤栗。他用他的官能来感知，又用酒精，用迷幻药，以及用他自己的奔放激情与勃勃生气的内在仙丹对它们加以转化。吉姆是据我所知的最闪亮的灵魂之一，也是最复杂的灵魂之一——我们这些由血肉和神经造成的哺乳动物都注定要复杂。……吉姆陶醉于他的官能体验，对他神经系统中的变化总是欣喜不已。……吉姆知道他自己要成为一位诗人。……吉姆追求的样态是体验的和行动的。他要把物质自然点化成不知满足的喜乐的黄金。”[1]

丹尼·苏格曼（Danny Sugerman，1954—2005）是吉姆的超级迷弟和传记作者，他十二岁就追随大门乐队，十七岁成为乐队的最后一任经理，直到五十岁仍热衷于模仿吉姆的发型、衣着，真是不可思议。他认为：“吉姆·莫里森并不想成为一个神。吉姆·莫里森想成为一个诗人。……对异化状态，对孤立、恐惧和隔绝的感受，没有哪位现代诗人能比吉姆·莫里森写得更好。……吉姆很清楚这种现代社会的分裂，这种脱位感，以及我们的苦恼。”[2]

吉姆·莫里森深知他那一代美国青年的希翼和困顿，“如果我的诗歌目标是达成什么东西，那就是让人们从所见和所感的有限方式中解放出来。”但吉姆的“诗运”远不如他的同辈先行者鲍勃·迪伦那么兴盛，当然，这也许也怪他不如迪伦那么刻苦吧。吉姆的诗作在死忠歌迷中一直有小量流传，但直到死后十五年才引起相应规模的重视，迄今已正式出版的诗歌结集有：

《主宰者和新生灵》（*The Lords and the New Creatures*，1970）；

---

1 Jerry Hopkins and Danny Sugerman, No One Here Gets Out Alive: the Biography of Jim Morrison, Grand Central, 2006, p. 385。

2 Danny Sugerman, The Doors: The Complete Lyrics, Dell Pub., 1992, p. XIII。

《荒野》（*Wilderness: the Lost Writings of Jim Morrison Vol. 1*，1988）；

《美国之夜》（*The American Night: The Writings of Jim Morrison Vol.2*，1991）；

《吉姆·莫里森诗文全集》（*The Collected Works of Jim Morrison: Poetry, Journals, Transcripts and Lyrics*，2021）。

本书从上述原著选译，部分作品对比了各版本之异同，并参照了全集版的排序。

《蜥蜴的庆典》（*The Celebration of the Lizard*）是一部诗剧脚本，在大门乐队的演唱会上进行过多次现场表演。诗文曾刊载于大门乐队第三张录音室专辑《等待日出》（*Waiting for the Sun*，1968）的大插页上，其中选段改编为歌曲《不要接触大地》（*Not to Touch the Earth*），收录于同一专辑。分段现场版收入《绝对现场》（*Absolutely Live*，1970），十五分钟现场版收入《夜火》（*Set the Night on Fire: The Doors Bright Midnight Live Archives Concerts*，2005），后来，专辑《等待日出》四十周年纪念版收入了该剧时长十七分钟的录音室实验版未完成片段。

《枯水》（*Dry Water*）组诗分三部分，曾发表于《*The Los Angeles IMAGE*》杂志 1969 年 10 月号发表，并在其他杂志转载。

《新生灵》（*The New Creatures*）和《主宰者》（*The Lords, Notes on Vision*）是吉姆·莫里森最早整理出版的两部个人诗集，1969 年春在洛杉矶一家名为 Western Lithographers 的手工书坊自费印行，各一百册。《新生灵》是书本装帧，而《主宰者》则是特殊定制的样式。

由于他不希望读者受到一个当红摇滚明星的名声干扰，错误地评价他的诗人身份，所以两部诗集都特意署上全名：詹姆斯·道格拉斯·莫里森。1970 年，西蒙与舒斯特公司出版了两部诗集的合订本《主宰者和新生灵》（*The Lords and The New Creatures*）商业版，署名：吉姆·莫里森。

《新生灵》是一组带有象征主义色彩的短诗，可能写得较早一些。吉姆在一次访谈中谦逊地说："写《新生灵》的时候，我还非常幼稚。它不是什么诞生于对宇宙的宏大意识的作品。它就是一本非常幼稚的小书，但是其中的很多东西立得住。"

《主宰者》的初版本由八十二张无序号、未装订的诗页组成，装在精致的蓝色文件夹里。其内容主要涉及电影学和电影史的一些思考，可能是吉姆·莫里森在加州大学洛杉矶分校电影学院就读时（1964—1965 年）就开始构思或落笔的作品。吉姆说："它其实是一篇关于电影美学的论文。那时我还不能去拍电影，而我所能做的一切就是思考它们、写下它们，也许这可以反映出很多东西。例如，里面有很多段说到萨满教，在数年之后看来非常有预见性，因为我写的时候是毫无概念的，我只是那样做了而已。……这部诗集有很多写到人们在现实面前的无力感和无助感。他们无法真正控制事情或者说他们自己的生活。有些东西在控制着他们。离他们最近的就是电视机。创造'主宰者'这个概念，同时也是对它本身的反转。现在，对我来说'主宰者'的含义已经完全不同了。我无法解释清楚。就像走到了对立面。在某种角度上'主宰者'也是一个浪漫的种族，他们找到了控制他们的环境以及他们自己生活的一种方式。他们跟其他人类有些不一样。"

《美国祈祷文》（*An American Prayer*）曾于 1970 年夏以小开本

精装册子的形式，类似祈祷手册，自费印行二百五十本。吉姆说，这本集子那么小是因为他想让人能够插在牛仔裤的后兜里。1970 年 12 月 8 日（二十七岁生日）他在录音棚朗诵了这部作品，在他去世后，大门乐队的其他成员为这批诗朗诵及其他录音材料重新作曲编配，成为该乐队的最后一张录音室专辑《美国祈祷文》（1978）。在笔者看来，这张专辑是一般读者领略吉姆 · 莫里森作为跨界诗人那种综合魅力的最佳门径。

《洛杉矶颂》（*Ode to LA, while thinking of Brian Jones, Deceased*），作于 1969 年 7 月 3 日，以纪念“滚石”乐队的早期创建者之一布莱恩 · 琼斯（*Brian Jones*，1942—1969），他因酒醉溺死于自家泳池，但真正死因仍众说纷纭。该年 7 月 21 日，吉姆在演唱会上朗诵了这首诗，并散发传单。可惜在场的歌迷们并不买账，那些传单被丢弃满地，没有几张留存至今。

《美国之夜》（*The American Night*）是一册经过作者整理誊抄的诗集抄本，有题记：“一首长诗，歌曲和声音在其下交织摇曳着，像夜色中的一条闪烁溪流。”

《遥远的阿尔丁》（*Far Arden*），选自 1969 年 3 月吉姆在厄勒克特拉录音棚录制的一组诗，故又名“The Elektra Tapes”。

《巴黎笔记》（*Paris Journal*）诗歌本是吉姆 · 莫里森 1970 或 1971 年旅居巴黎时期所写，誊抄整齐。它是吉姆 · 莫里森打算脱离摇滚乐、转向诗歌和戏剧职业写作的一个重要尝试之作，但遗憾的是，吉姆在 1971 年 7 月 3 日不幸溘然辞世，他的努力再也无法前进一步。

《当我回首》（*As I Look Back*），最早出现在吉姆 · 莫里森身后诗选本《荒野》中，作为最后一篇诗作。新版《吉姆 · 莫里森诗文全集》

也沿用了这个作品，并正式作为“后记”。实际上，它是后人编撰而成，其中的诗行摘选自吉姆各种笔记本、日记、手稿、散页中描写他生平经历的片段，大致按事件发生事件排列，合为一首概略的自传诗。

此外，吉姆·莫里森还有大量的诗文作品，散落于数十本未经归类整理的笔记本、日记本、文件夹或各式各样的纸张中。笔者根据诗选集《荒野》选译了其中一部分。

吉姆·莫里森为大门乐队写作的歌词有五六十首，笔者选译了其中文学性更强的曲目，并删减了一些反复重唱太多次的句子。吉姆的歌词有相当部分是直接从他的诗歌本里拿出来的，他的一些歌词并没有很优美的音乐韵律，有些甚至就是在念白、朗诵，译者也没有太在意还原其音韵效果。另外，笔者感觉，吉姆创作的一些“爱呀爱呀”的流行曲目并没有太多深度，所以在此忽略不计；而且，乐队其他成员当然也不乏歌词才华，如吉他手罗比·克里格（Robby Krieger，1946— ）就奉献了《点燃我的热火》《触摸我》《爱我两次》《疯狂地爱她》等热门金曲的歌词。

喜欢大门乐队，喜欢吉姆·莫里森，而且跟他一样只会演奏自己，玩不灵任何乐器，而且跟他一样喜欢喝酒，我很多年来都想为他做点什么。但在将近完成这本译诗集的时候，笔者才看到新版的《吉姆·莫里森诗文全集》，因此没能好好地从中挖掘、吸收更珍稀的宝藏，这正是名副其实的遗珠之憾了。吉姆·莫里森留下的诗稿像细碎的钻石，在照射下，满纸灵光乱闪。他是一个令人炫目又着迷而且蕴藏着无限可能性的诗人，他永远年轻了。译无止境，下本更佳。我希望下次能给这位魔咒先生译一本更好的大选集或全集。

2022 年 2 月 15 日